Sonya
ソーニャ文庫

一途な貴公子は死神令嬢を逃がさない

桜井さくや

イースト・プレス

contents

序章

——その夏は、ルチアの生まれた地域では珍しく、汗ばむほど暑かった。

「はぁ、はあ…っ」

晴れ渡る空の下で、苦しげな呼吸音が小さく響く。

見慣れぬ町の中を一人きりで彷徨う自分に話しかける者は誰もいない。

——いっそ、このまま行方を眩ましてしまおうか……。

馬車を降りてから、何度同じことを考えたかわからない。

ルチアは肩で息をしながら、おぼつかない自分の足下に目を落とす。

ぐらぐらして安定しない様子が、これまで歩んできた道のりのように思えてならなかった。

「……行きたく…ない……」

誰に届くわけでもない心の訴えが唇から零れた。

暑さで頭がくらくらして、足下がぐらりとよろめく。

そのまま地面にへたり込みそうになったとき、不意に誰かの腕がルチアの身体を支えた。

「おい、大丈夫かっ⁉」

「……っ」

「まずいな、顔が真っ赤だ。おい、しっかりしろ。ほかに誰もいないのか？　なんだって
こんなところに一人で……」

顔を上げると、背の高い少年がルチアを覗き込んでいた。

彼が何者なのかはわからない。

これまで怪訝そうに眉をひそめて素通りしていく人はいたが、こんなふうに声をかけて
くる者は一人もいなかった。

「とりあえず、あっちに行こう。俺の言ってることは理解できるか？　あそこの木まで行
くんだ。そう、ゆっくりでいいからな」

「……は……い……」

その少年は辺りを見回し、ルチアの肩を抱いて少し先の樫の木を指差した。

本当はなんのためにそこに行こうとしているのか理解できていなかったけれど、ルチア
は言われるがままに歩きはじめる。足取りは重く、少し進んでは止まっての繰り返しだっ
たが、彼は急かすことなく自分と同じ歩調でずっと励ましてくれていた。

「よくがんばったな。ひとまずここに座って休んでてくれるか？」

「……あ…の……」

「いいか、そこにいるんだぞ。すぐ戻るからな！」

「あ……」

少年は樫の木の傍にルチアを座らせると、すぐにどこかへ走り去ってしまう。

あまりの素早さに声もかけられず、気づいたときには後ろ姿が遠くなっていた。

ふと、自分の歩いてきた方角に顔を向けると、美しい葦毛の馬がぽつんと佇んでいて、ルチアと目が合った途端こちらに近づいてくる。つぶらな黒い瞳はとても利口そうで、その馬は三メートルほど距離を置いた辺りで動きを止めて道端の草を食べはじめた。

「おっと、ラファエロ、一人でここまで来たのか？　悪いな、ちょっと今立て込んでるんだ。もう少しそこで待っててくれ」

ややあって、先ほどの少年が桶のようなものを抱えて駆け戻ってきた。葦毛の馬に親しげに話しかけているので、どうやらあれは彼の馬のようだ。

ラファエロと呼ばれた馬は主人の言葉に応えて緩やかに尻尾を振っている。

少年はルチアの傍まで来ると、手に持った桶を地面に置いて膝をつく。桶には中ほどまで水が入っており、彼はその水を手のひらいっぱいに掬ってルチアの前に差し出した。

「この水、すぐそこの家でもらってきたんだ」

「え……」

「早く飲んでくれ。じゃないと零れる」

「あ、は、はい……」

まさか自分のために汲んできたとは思わず、ルチアは驚きを隠せない。

しかし、ぽたぽたと指の隙間から零れ落ちる水滴に急かされ、ルチアは戸惑いつつも彼の手に顔を寄せた。

唇を水につけ、こくんと飲み込むと喉の奥が一気に潤っていく。

水が無くなると、彼はまた手で掬ってルチアに差し出し、それを何度も繰り返す。こんなに一度に水を飲んだことも、美味しいと思ったこともなかった。

「もっ、もう…、大丈夫です……っ」

「もういいのか？」

「は、はい」

「そうか。じゃあ、今度はこれを……」

ルチアの様子を確かめてから、彼はおもむろに懐からハンカチを取り出して水に浸す。それを軽く絞ったあと、ルチアの顔にそっと押し当ててきた。

「ん……っ」

「冷たくて気持ちいいだろ？　まだ顔が赤い。今日は特に日差しが強いから、暑さにやられたんだな」

「……ッ、あ、…りがとう……ございます……」

思いがけない優しさに、ルチアはどうしていいかわからない。

こういったことに慣れておらず、ただ一言お礼を伝えるだけで精一杯だった。

「ところで、おまえはどこから来たんだ？　そのドレス、どう見たって貴族の娘…、だよな。連れの者はどうした？　はぐれたのか？」

「あ…、あの……」

「あぁ、悪い。俺の名はシオン。伯爵家…、サブナック家の息子だ」

「サブナック家……？」

「知らないのか？　ということは、この辺りに住んでるわけじゃなさそうだな」

「は、はい。私の家はここから馬車で二時間ほどのところに……。あ、その…、私はルチアと言います。子爵家の娘で年は十四歳です」

「へぇ、俺より一歳下か」

「そ、そうなんですか」

背が高いから、もっと年上かと思っていた。

彼――シオンは艶やかな黒髪に深い翡翠色の瞳が印象的な少年で、まっすぐ見つめられるとなんだか恥ずかしくなって、どこを見ればいいのかわからなくなってしまう。

ルチアはこれまで同じくらいの年の子と話したことがなく、誰かとこうして近距離で接することが自体はじめてだったから、受け答えをしている間も緊張で身体に力が入ってしまうほどだった。

「馬車で二時間って結構遠いところから来たんだな」

「え、えぇ……」

「ところで、その馬車はどこに行ったんだ？」

「……ッ、馬車は……、その…、途中で降りてしまったので……」

「この辺りの土地勘もなさそうなのにか？　ルチアは、どこかに向かうところだったんだろう？」

「それ…は……」

　至極まっとうな疑問に、ルチアは思わず口ごもった。

　馬車で二時間かかるような場所から来たのに、途中で降りたと聞けば不思議がられるに決まっている。

　実際、ルチアには土地勘がなかったからこうして街中を彷徨っていたわけで、シオンもそんな様子を見かねて手を差し伸べてくれたのだろう。とはいえ、わざわざ水をもらってきて介抱までしてくれる親切な人はそう滅多にいるものではなかった。

「その……、本当は行かなければならないところがあったのですが、どうしても気が進まなくて、御者が馬を休憩させているときに黙って逃げてきてしまったんです……」

「え？」

「そ、それで…、馬車はしばらく私を探し回っている様子でしたが、なかなか見つからなかったからか、慌ててどこかに走り去っていきました。もしかしたら、目的の場所に先に行っていると思って向かったのかもしれません」

まっすぐ見つめられ、ルチアは俯き加減に答えた。

適当に誤魔化すこともできただろうが、なぜだか彼に嘘をつくのはとても悪いことのように思えて本当のことを口にしていた。

「それほど気が向かないことなのか……？」

「は…い……」

ルチアは目を伏せて小さく頷く。

――こんなことをいきなり聞かされても、面倒な娘と関わってしまったと思われるだけなのに……。

きっと、わがままで迷子になったと思われただろう。

ルチアは彼にがっかりされると思うと無性に哀しくなってしまった。

「……そうか」

シオンは小さく相づちを打ったきり、無言になってその場に腰を下ろす。

濡れたハンカチをルチアに預けると、自分は柔らかな草の上にねっ転がってぽつりと呟いた。

「まぁ、そういうときもあるよな」

「え……」

「そんなに思い詰めるなよ。俺も付き合ってやるから」

「……ッ、え、でも……」

ルチアは目を瞬かせ、シオンの馬を振り向く。

彼は、どこかに行こうとしていたのではないのだろうか。

――こんなところで道草を食っていても大丈夫なの……？

動揺しながら顔を戻すと翡翠色の瞳と視線がぶつかり、ルチアの心臓が大きく跳ねる。

胸元に手を押し当てて気持ちを落ち着けていると、彼は不意に苦笑いを浮かべた。

「実を言うと、俺も今日出かけるのは気が進まなかったんだ」

「……そう…なんですか？」

「あぁ、今朝起きたときから面倒だなって思ってた」

シオンは両手を頭の後ろで組んで、ため息交じりに長い両足を投げ出す。

道端でねっ転がれば服が汚れるだろうに、彼は気にする素振りもない。

眠たそうにあくびをする様子を見ていたら、ルチアのほうも段々と肩の力が抜けてくる。

思わずくすりと小さく笑うと、シオンの唇が柔らかく綻んだ。

どうして彼は何も追及しないのだろう。なぜ傍にいてくれるのだろう。

僅かに細められた彼の瞳が太陽の光に反射して宝石のように煌めき、整った鼻梁に長めの前髪が影を落としている。こんなにじっと見たら失礼だと思うのに、なぜだか彼から目が離せなかった。

「――…で、今はまだ騎士見習いなんだけどな。一番上の兄上からすれば気楽に見えるかもしれないけど、これでも将来どうやって身を立てていくか、俺なりに考えてるんだ。三人兄弟の一番下じゃ、家督を継ぐことはないわけだし……」

「とても立派な考えだと思います」

「本当にそう思うか？」

「えぇ、本当にそう思います」

それからどれほど樫の木の下で休んでいただろうか。

ぼんやり景色を眺めながら、シオンはぽつりぽつりと自分のことを話してくれた。

彼の家族構成は、父親と年の離れた二人の兄、それと彼を入れた四人家族らしい。母親はシオンが幼いときに亡くなってしまったからほとんど覚えていないようだが、家族のことが大好きだというのは伝わってきた。父や兄たちのことを話すときの彼の表情はとても優しかったからだ。

それに、シオンは自分が将来どうすべきかということもしっかり考えていて、一年ほど前に騎士団に入ったのだという。シオンの家はもともと王家に仕える軍人の家系らしく、騎士として身を立てていこうと考えるのは自然な流れだったのだろう。

「……だけど、最近はどうも訓練に身が入らなくてな」

「そうなのですか？」

「精進が足りないと言われればそれまでだが、外からでは気づかなかったものが段々と見えてきたことで疑問が出てきたというか……。俺は別に、それほど高い理想があったわけではないんだが……」

シオンは唇を引き結び、じっと空を見上げている。

もしかして、騎士団で嫌なことがあったのだろうか。

ルチアには想像もつかないことだが、先ほどまでと違って今のシオンの表情には微かな翳りが見え隠れしている。このまま騎士になることに迷いを感じているのかもしれなかった。

――私は自分の将来なんて考えたこともなかったから、目標があるだけですごいと思ってしまうけど……。

こうしている『今』でさえあやふやなのだ。

明日がどうなっているのかなんて想像すらできない。

ルチアにとって、シオンの話は色鮮やかに描かれた物語のようだった。

「あ、俺ばかり話してすまない。つまらなかったよな」

「そんなこと……」

「ルチアは？」

「え？」

「ルチアは、どんなところで育ったんだ？　ここから馬車で二時間かかるところから来たと言っていたが」

「……え、えぇ……」

急に話を振られて動揺してしまう。

いきなり聞かれても、どう答えればいいのかわからない。

自分には堂々と話せることが何もないのだ。

――でも、シオンはいろいろ話してくれたのに、私は聞いているだけで何も答えないのは失礼かも……。

ルチアはしばし考えを巡らせて、躊躇いがちに答えた。

「その…、私はそこで育ったという感覚があまりないんです。そこには二年間しか住んでいないので……」

「そうなのか」

「はい、その前は乳母と二人暮らしでしたから……」

「乳母と？」

「私は十二歳まで、乳母と暮らしていたんです。けれど、乳母が急逝してしまって、それで母に引き取られたんです」

「……え？」

「そ、それから二年間、母の屋敷で暮らしていたのですが、その母も不慮の事故で亡くなってしまって……。それで今度は父に引き取られることに……」

「……、……え？」

ルチアの説明に、段々とシオンの顔色が険しくなっていく。

彼には馴染みのない環境なのだろう。僅かに身を起こして、伏し目がちに眉根を寄せた表情は少しだけ気まずそうだ。

「……その…、答えたくなければ無視してほしいんだが、ルチアはご両親と一緒に住んだことは……」

ややあって、シオンが慎重な様子で問いかけてくる。頭を過った考えを言葉を選びながら確かめようとしているようだった。

「一度もありません」

「一度も……」

「私、母が亡くなってから、父が生きていることを知ったんです」

「じゃあ、ルチアは父親に会ったことがないのか」

「はい、父にはほかに家族がいるようなので……」

「……」

シオンは無言になって、完全に身を起こす。

事情を理解したのだろう。口元を手で覆って、「だから気が進まないのか……」と呟いていた。

——やっぱり彼を困らせてしまった……。

ルチアはいたたまれない気持ちになって俯く。

こんなことを聞かされても、シオンにはどうすることもできないのだ。

彼の人生にはなんの関わりもないのに、どうして話してしまったのか自分でもよくわからない。手を伸ばせば触れるほど近くにいたから、心の距離まで近くなったと錯覚してしたのかもしれなかった。

だが——、

「……それじゃ、逃げたくもなるよな」

ぽつりとした呟きと共に、彼はルチアの頭をぽんぽんと撫でる。

温かな感触に驚いて顔を上げると、間近でシオンと目が合う。

労るような深い眼差しに心の奥がざわつく。

やや強めの風が吹き、ルチアの長い金髪が彼の黒髪に絡まる様子が目の端に映って胸の奥がきゅうっと苦しくなった。

「あ、ごめんっ」

直後、シオンはハッとして慌てて手を引っ込める。

彼の横顔を見つめると、心なしか頬が赤くなっていた。

たぶん、彼はルチアがふらふら歩いていたときにそうしてくれたように、無意識に手を差し伸べようとしたのだろう。

そう思った途端、今まで見て見ぬふりをしてきた想いがルチアの中に溢れ出す。

これまで、こんなふうに優しくしてくれた人はいなかった。

乳母にもしっかりするようにいつも言われていたし、母に甘えたことも一度もない。

母ははじめて会ったときから素っ気なくて、滅多に目を合わせてくれなかったほどだったから、どうしたって甘えようがなかった。

「えぇと…、あっ、そうだ。俺もそこに一緒に行ってやろうか？」

不意に、彼は思いついたようにそう言った。

「……？」

けれど、ルチアはその言葉の意味がわからず、ただ小さく首を傾げた。

「ルチアの父上の屋敷にだよ。それで、もしルチアの父上が酷いやつだったら、そのときは俺の家に来ればいいんだ。まぁ、うちは男ばかりでむさ苦しいかもしれないけど、きっとすぐに慣れるさ」

「え……」

「だから心配すんなよ」

「――……っ」

元気づけるような笑顔に、ルチアはぐっと両手を組んで握りしめた。

その拍子に彼のハンカチからぽたぽたと水滴が零れ落ちていく。

同時に、ルチアの目から大粒の涙が溢れて、次々と頬を伝った。

「お…、おい……」

いきなり泣き出したから、シオンはすごくオロオロしていた。

だが、すぐに不器用な手つきで背中をぽんと撫でてくれて、その手があまりに優しくて余計に涙が止まらなくなる。

「……う、……ぅ……っ」

そうできたら、どんなにいいだろう。

彼と一緒なら、きっと寂しくないのに……。

ルチアは感極まってシオンの肩に顔を埋めてしまう。

これほど誰かに縋りたくなったことはない。

自分が寂しかっただなんて、これまで気づきもしなかった。

ぽつりぽつりと民家が建つのどかな通りには、二人以外誰もいない。

今日はいつもより気温が高いから、皆、建物の中で涼んでいるのだろう。

そんな中で、自分たちはまるで日向ぼっこをするように道端に寄り添って座っていた。

時折吹く風は穏やかで、優しく頬を撫でられているようだ。

そのうちに段々と気持ちが落ち着いてきたが、ルチアは涙が止まってもシオンの肩に頭を預けて景色をぼんやりと眺めていた。

しかし、それから程なくして、不意に蹄の音が耳に届く。

何気なく音のほうを向くと、一台の馬車が通りの奥から見えてくる。

馬車はそのまま通り過ぎるかと思ったが、御者が馬に声をかけ、二人のすぐ後ろで蹄の音が止まった。

「――君、もしかして、ルチアかい？」

やがて馬車の中から紳士が出てきて声をかけられた。

ルチアは目を瞬かせ、声の主をじっと見上げる。

緩やかに癖のついた長めの黒髪を後ろに束ね、上質な生地で仕立てた上下を上品に着こなした優しそうな紳士だった。

「こんなところでどうしたんだい？　君を迎えに馬車を寄越したはずでは……」

「……あ、あの……？」

誰だろう。どうして自分のことを知っているのだろう。

――もしや、この人が私のお父さま……？

髪の色は違うけど、目の色は自分と同じ青色だ。

頭の隅でそんなことを考えていると、黒髪の紳士はルチアの横に置かれた水桶に目を移す。それから手に握られたハンカチと、すぐ傍の樫の木を見上げて納得がいった様子で頷いた。

「あぁ、そうか。今日は少し気温が高めだから、途中で気分が悪くなってしまったんだね。迎えの馬車とは……、はぐれてしまったのかな？」

「は…、はい」

「それは大変だったね。そこの彼がルチアを介抱してくれたのかい？」

黒髪の紳士は優しく微笑みながらシオンにも話しかける。

改めてシオンの顔を見ると、黒髪の紳士は僅かに目を見開いた。

「おや、君は確かサブナック家の……」

その口ぶりからして、シオンを見知っている様子だ。

――シオンの知っている人……？

そう思って隣に視線を戻すと、シオンの顔はなぜかやけに引きつっている。

どうしたのか気になって声をかけようとしたが、その前に黒髪の紳士が口を開いた。

「では、ルチア、君は私の馬車に乗りなさい。気分が優れないというなら、あとでちゃんと診てあげよう。こう見えて、私は医者なのでね」

「え……」

医者？　どういうこと？

ならば、この人は自分の父親ではないのだろうか。

少なくとも、ルチアの父は医者ではなかった。

相手が誰かもわからないのに一緒の馬車に乗れと言われ、ルチアは咄嗟にシオンの手を掴んだ。助けを求めるように見つめると、彼は無言のまま手を握り返してくれる。

「大丈夫、彼も一緒に来るそうだよ」

黒髪の紳士は小さく笑い、ルチアに馬車に乗るよう促す。

その言葉に応えるように、シオンはぎこちなく頷く。

ルチアはホッとして促されるまま馬車に乗り込んだが、シオンの顔がずっと強ばっていたのが気になった。

「私はオセ。公爵家の専属の医者なんだ。アンドリウスさまから、君のことを頼まれていてね。困ったことがあれば、なんでも私に相談してほしい」

「……は……い」

馬車が動き出すと、黒髪の紳士は自分の名を名乗って静かに微笑んだ。

優しそうな人だと思ったから、父親ではなかったことがわかってなんとなく残念な気持ちになってしまう。

けれど、同時に『アンドリウス』という名を耳にして心臓が跳ねる。それが自分の父の名だったからだ。

ルチアはぐっと手を握りしめると、小窓から外を見つめた。

自分の乗った馬車から一馬身ほど離れたところにシオンの姿があった。

彼は葦毛の馬に乗り、約束どおり一緒についてきてくれていた。

――シオンがいてくれてよかった……。

握りしめた右手には、シオンのハンカチもあった。

これを返すまでは彼と一緒にいられるはずだ。

ルチアは公爵家の屋敷に着くまでの間、緊張を紛らわすようにシオンのほうばかり見つめていた。

❀　❀　❀

「――ルチア、ここだよ。遠慮せずに屋敷に入りなさい」

「は、はい……っ」

「君もだ、シオン」

「……はい」

その後、公爵家の屋敷の前に馬車を止めると、オセはルチアとシオンを建物の中へと促した。

――ここが、お父さまの屋敷……。

広大な敷地に建てられたゴシック調の建物はまるでお城のように豪華絢爛（ごうかけんらん）だ。

オセとシオンがどういった関係かは聞けずじまいだったが、今のルチアに細かなことを気にしていられる余裕はない。見知らぬ場所で手を差し伸べてくれたシオンがいることだけが救いになっていた。

「オセ先生、こんにちは！」

「やぁ、元気そうだね」

「先日は貴重なお薬をわけていただきありがとうございました。このとおり、もうすっかり傷が癒えました」

「それはよかった。力になれることがあればまた言ってくれ」

「ありがとうございます！」

屋敷に足を踏み入れると、オセに気づいた使用人や兵士たちが代わるがわる挨拶していく。オセのほうも笑顔で受け答えしていて、たくさんの人に頼りにされていることが見て取れる。はじめの印象どおり、彼は悪い人ではなさそうだった。

「さぁ、ルチア。アンドリウスさまが中でお待ちだ」

オセは勝手知ったる様子で廊下を進み、ルチアを大広間まで案内してくれた。

扉の両端には兵士が一人ずつ立ち、オセの言葉を合図に扉が開かれていく。

ルチアは顔を強ばらせて後ろを振り返った。
二、三歩離れた場所にシオンがいてほっと息をついたが、よく見ると彼の顔も強ばっている。思い返せば、オセが迎えにきたときから彼はずっとこうだった。
「ルチア、どうしたんだい？　早く中へ入りなさい」

「あ…、ごめんなさい」

オセに急かされて、ルチアは慌てて大広間に足を踏み入れた。

けれども、何歩か進んだところですぐに動けなくなってしまう。

大広間にいたのは父だけではなかったのだ。

部屋の中ほどには年配の紳士と二人の青年が佇んでいた。そして、大きなテーブルの向こう側には金髪の紳士が立派な椅子に腰掛けており、彼らの視線が一斉にルチアに向けられた。

「……ッ」

ルチアは身を強ばらせて立ちすくんだ。

当然ながら、誰が誰であるのかすらわからなかったが、堂々と椅子に座る金髪の紳士がこの屋敷の主であることだけは疑いようがなかった。

──あの人が、私のお父さま……。

先代の国王の実弟で、広大な公爵領を治める領主。

それがルチアの父親アンドリウスだった。

「アンドリウスさま、お待たせして申し訳ありませんでした。ここに来る道すがら、ルチアを見つけ、しばらく彼女を看病していたのです。どうやら、この暑さで体調を崩してしまったようなのです」

「オセ、おまえがわざわざ看てやったのか？」

「ええ、私は公爵家専属の医者ですから」

「……ふん、まぁいい。私を待たせたことは、おまえに免じて許してやろう」

「ありがとうございます。──それから、彼…、シオンも一緒によろしいでしょうか？」

「シオン？　あぁ、セオドアの息子か」

オセの言葉に、アンドリウスは扉のほうに目を移した。

すると、扉の前にいたシオンは硬い表情で自分の胸元に手を当てて敬意を示す。

その直後、部屋の中ほどにいた年配の紳士と二人の青年が動揺をあらわにした。

「シオンッ、おまえ、今までどこに……っ!?」

「セオドアさま、ご子息には大変助けられました。はじめにルチアを見つけてくれたのは彼だったのですよ」

「そ、それはどういう……。シオン、とにかくこちらに来なさい」

「はい、父上……」

シオンは年配の紳士――セオドアに手招きされて部屋の中ほどまで進む。

二人の青年の傍まで来ると、彼はアンドリウスのほうに向き直って改めて自身の胸に手を当てた。

――どういうことなの？　どうしてここにシオンのお父さまがいらしているの？　なら、隣に立つ二人の男性はシオンのお兄さま……？

先ほどのシオンの話では、彼には父親と二人の兄がいるはずだった。

確か、一番上の兄はリチャードで二十歳、二番目の兄がラッセルで十九歳。

兄弟三人で並んでもシオンが多少年下に見えるくらいだが、彼は十五歳にしてはかなり背が高いので身長差だけでは一概に年齢の判断はできない。ただ、彼らはひと目で親子だとわかるほど髪や目の色、顔立ちがよく似ており、セオドアも含めて独特の存在感があった。

それにしても、彼らはなぜここにいるのだろう。

もしかして、シオンは公爵家に向かうところだったのだろうか……。

彼らがここにいる理由はわからないが、この状況からしてアンドリウスに呼ばれたと考えるのが自然だ。シオンが遅れたのは、途中でふらふらしているルチアに気づいて別行動をしたからにほかならなかった。

「オセ、ルチアをここへ」

「畏（かしこ）まりました。――ルチア、おいで」

「は…、はい」

オセはアンドリウスに命じられ、ルチアの背中をそっと押した。

だが、ルチアは鋭い灰色の眼差しに圧倒されて、なかなか前に進むことができない。

それでもオセに小声で励まされたことで、ぎこちない動きでテーブルを回り込んで、なんとかアンドリウスのもとにたどり着いた。

「はじめ…まして、お父さま。これからどうぞよろしくお願いいたします」

「……おまえがルチアか。なるほど、イーリスによく似ているな」

アンドリウスはそう呟いて口元を歪（ゆが）めると、数秒ほどルチアを無言で見つめていた。

イーリスとは母の名だ。

母との思い出話を聞かせてもらえるかもしれない。

ルチアは密かにそんなことを期待していたが、アンドリウスはそれ以上口を開くことなく立ち上がり、テーブルの向こう側に立つシオンたちのほうへと行ってしまった。

はじめての対面だというのに、感慨に耽る様子はまったくない。

ルチアはその後ろ姿を呆然と見つめることしかできなかった。

「セオドア、今日おまえたちを呼んだのは、頼みがあってのことだ」

「……我々に…、でございますか？」

「なに、そう構えることはない。あの娘、ルチアのことだ。実は、ルチアは私の愛人との間にできた娘でな……。これまで公にはしてこなかったが、先日その愛人がこの世を去り、娘の身寄りは私だけになってしまった。愛人の子であろうと、私にも情がある。正式に私の娘として公爵家に迎え入れようと腹を決めたのだ」

「……ッ!?」

父の言葉に、セオドアたちは驚嘆した様子でルチアを見つめた。

その表情から、彼らがルチアについて何も知らされていなかったことが窺える。

シオンだけはルチアからそれとなく話を聞いていたものの、それでも口元が引きつっていた。

「とはいえ、公爵家の一員になったところで、ルチアが周りからどう見られるかは想像に難くない。娘はまだ十四歳だ。多感な時期に影を落とすような真似は避けてやりたいが、立場上、私もどこまで守れるか……。セオドア、どうか力になってはくれまいか。おまえだけが頼りなのだ」

「それはどういった……」

「ルチアもあと何年かすれば年ごろになる。それまで、おまえの息子とは婚約という形をとり、いずれはサブナック家に嫁がせたいのだ」

「……っ」

予想もしない内容に、セオドアは言葉が出てこない様子だ。

シオンや彼の兄たちも動揺していたが、アンドリウスはさらに畳みかけるようにして訴えかけた。

「セオドア、どうか頼む。私も父親として、娘に幸せになってもらいたいのだ……。このようなことは誰にでも頼めるものではない。長年私に仕えてくれたおまえにしか言えないことだ」

「アンドリウスさま……」

立場が上の者からそこまで言われて誰が断れるだろう。

セオドアはしばしの沈黙の後、「有り難き幸せにございます……」と掠れた声で静かに頭を垂れた。

アンドリウスはそれに大きく頷き、今度はセオドアの隣に目を向ける。

サブナック家の長男リチャードに自ら手を差し出した。

「リチャード、娘を頼んだぞ」

「は、はい！」

直々に公爵に頼まれ、リチャードは背筋を伸ばして頷く。

二人はがっちりと握手を交わし、リチャードはアンドリウスに肩をぽんと叩かれてどことなく高揚した様子だ。ルチアに目を向けてにっこり微笑むその表情からは喜びが伝わってきた。

けれど、ルチアは話にまるでついていけなかった。

父に引き取られた次の瞬間には、結婚相手が決まっていたのだ。

しかも、相手はシオンの一番上の兄だ。これをどう受け止めればいいのか、心の整理がつかなかった。

――シオン、私、どうしたらいいの……。

シオンを見ると、彼は呆然とした様子で立ち尽くしていた。

だが、ルチアの視線に気づくや否や、ハッと息を呑んでふいっと顔を背けてしまう。

大好きなお兄さんを取られたと、嫌われてしまったのだろうか。

唇を引き結んだ横顔はあまりに遠く、ルチアは胸の痛みを感じてシオンのハンカチを握りしめる。そうすることでしか、この言葉にしがたい不安を押し込めることはできなかった。

それから数日後、アンドリウスはルチアの存在を世間に公表し、リチャードとの婚約も明らかにした。

当然ながら、周囲の驚きは大きかった。

しかし、アンドリウスが物事を強引に決めてしまうのはいつものことで、表立って異を唱える者はいなかったらしい。ルチア自身、周囲から好奇の目で見られることはわかっていたが、アンドリウスの言いなりになる以外の選択肢はなく、その日から公爵家の娘として生きていくことになったのだった。

——ところが、それから一年後。

いつものようにルチアが自分の部屋で過ごしていたときのことだ。

昼過ぎにオセがやってきて、青ざめた顔で思いもよらないことを告げられた。

「……リチャードが、亡くなった」

「え……？」

はじめは聞き間違いかと思った。

けれど、いつも穏やかなオセの顔が固く強ばっている。ルチアの部屋まで走ってきたのか、息まで切れていた。

「これはまだはっきりしていないが、『自死』の可能性があると……」

「……自…死……？」

思わず足下がふらつき、咄嗟にオセに支えられる。

全身から血の気が引いて、寒さでぶるっと身が震えた。

――どういう…こと？　リチャードさまは、自ら命を絶ったということ……？

ほんの二日前、リチャードは屋敷に来ていた。

彼はルチアにも会いに来てくれたが、そのとき特にいつもと違う様子はなかったのだ。

だが、心の中まで覗き見られるわけではない。いつもどおりに見えても、本当は深い悩みを抱えていたのかもしれなかった。

そう思うのは、ルチアの母イーリスのことが頭を過ったからだ。

ある日、母は階段から落ちて、そのときに頭を打ったことが原因で数日後に帰らぬ人となってしまった。

しかし、それはあくまで表向きの話でしかない。

母が階段から落ちた瞬間は何人かの使用人が目撃していたが、自ら階段に身を投げ出したと証言する者もいれば、眩暈（めまい）を起こしたようだったと証言する者もいて、実際はどうだったのかはわかっていないのだ。

ルチアが母を思い出すとき、頭に浮かぶのは庭先で遠くを見つめる横顔だ。

母はどこか儚（はかな）げで、笑ったところは一度も見たことがなかった。

生涯伴侶を持たず、父の愛人として過ごした人生はどのようなものだったのだろう。生まれたばかりのルチアを乳母に預け、別々に暮らすことを選択したのは望まぬ子供だったからではないのか……。

今となっては聞くこともできない。

母はおろか、リチャードが本当は何を考えていたのか、ルチアには到底計り知れないことだった。

「彼は、君という人がいながら、なんて愚かなことを……っ」

気づけばルチアの頬には涙が伝っていた。

オセの震えた声を遠くに感じながら、ぽろぽろと涙を零していた。

リチャードは私生児の自分にも優しくしてくれた。密かに彼を兄のように慕っていたのだ。

けれど、そんな自分なんかより、シオンは今どんな気持ちでいるだろう。

家族のことを話す彼はとても優しい顔をしていた。大好きな兄が亡くなってどれほど傷ついているのか、考えただけで苦しかった。

――こんなときなのに、私はどうしてシオンのことばかり考えてしまうの……？

もしかしたら、その涙はリチャードを思ってのものではなかったのかもしれない。

このときのルチアには、この複雑な感情がどこから来るものなのかもわからず、最愛の兄を失ったシオンを思って胸を痛めるばかりだった。

第一章

屋敷の外から響く小鳥のさえずりで目を覚まし、アーチ状の窓からぼんやり外を眺めるだけの一日は、意外にも呆気なく過ぎてしまうものだ。

乳白色のダマスク柄の壁紙、窓際に置かれた小さなテーブルと椅子。

部屋の隅に置かれた天蓋付きのベッド。

この驚くほど簡素な部屋で公爵家の十七歳になる娘が過ごしているなど、多くの者が冗談だと思うだろうが、公爵家でのルチアの待遇を知っている者なら、その大半が納得してしまう環境でもあった。

「小鳥さん、いらっしゃい。今日も来てくれたのね」

ルチアが公爵家に引き取られてから、そろそろ三年が経とうとしていた。

はじめの頃はここでの一日はとても長く感じられていたが、今はもう移ろう季節を部屋の窓から見つめ続ける日々が退屈かどうかさえわからない。

ささやかな楽しみがあるとすれば、食べ残しのパンを小鳥たちが啄みに来てくれることだった。

「美味しい？　たくさん食べていってね」

小さくちぎったパンをのせた皿を窓縁に置くと、しばらくして小鳥たちが次々とやってくる。

なんという名の鳥かは知らないけれど、顔の辺りがオレンジ色で頭部と羽は少し茶色がかった灰色のかわいらしい野鳥だ。以前はルチアを警戒していたが、最近は入れ替わり立ち替わりやってくる程度には気を許してくれるまでになっていた。

「……あ、今日は手合わせをするんだわ……」

ルチアは、ふと窓の外に目を移してぽつりと呟く。

先ほどから、小鳥たちのさえずりに交じって男たちの気合いの入った声が裏庭から聞こえていた。

彼らは、公爵領を守る騎士団に所属する騎士たちだ。

毎日ではないものの、頻繁に裏庭で訓練している姿が見られる。

今日は各々の実力を試す手合わせの日らしく、あちらこちらから剣を打ち合う音も響く。

その中でも、たった一人で三人を相手に手合わせをしている騎士は、誰が見ても腕が立つとわかるほど一際目立っていた。

――シオン、がんばって……。

どこにいても彼のことはすぐにわかる。

艶やかな黒髪に、すらりと伸びた長い手足。

柔らかな身のこなしで一人の剣を受け流したかと思えば、一瞬のうちにその懐へ飛び込んで胸元を剣先で軽く突く。

その直後、背後から別の二人に襲われそうになるが、まるで背中に目があるかの如く彼は相手の剣を軽やかに避け、反対に自分が後ろに回り込んでしまう。そのさなかに腰から短剣を抜き、無防備になった相手の背中に剣先を軽く当てると、さらに残った一人の背中にも短剣の先をとんと当てて呆気なく勝負がついた。

「……すごいわ。今日も勝ったのね。おめでとう……」

三人がかりで挑んだにもかかわらず、シオンにはまったく歯が立たない。

ルチアはほっと息をつきながら、降参の仕草をする騎士たちに笑いかける彼の姿を食い入るように見つめる。

日々研鑽（けんさん）を積み、年を追うごとに凛々（りり）しく逞（たくま）しくなっていく。

騎馬での訓練でも、ほかのどんな訓練でも彼に勝る者はいない。

三年間、ルチアはただひたすらに彼の努力を見つめてきた。

こうして遠くから密かに応援することくらいしか自分にできることはないけれど、それでも彼を見ていたかった。

――私は、彼を見ていられるだけでいいの……。

この想いが叶うことは絶対にないだろう。

だからこそ、せめてこの檻から彼の息吹だけでも感じていたかった。

「あなたたちのように、私も空を飛べたらよかったのに……」

もしも空を飛べたなら、彼の肩に乗ることもできるかもしれない。どこまでも一緒についていくことだってできるだろう。

訓練を終えた騎士たちは裏庭から姿を消していく。

シオンの姿も見えなくなり、ルチアは途端に力が抜けてしまう。窓縁でパンを啄む小鳥たちをぼんやり眺め、今日何度目かの大きなため息をついた。

「——ラッセル、シオンッ、来ているの!?」

「きゃ……っ」

そのとき突然扉が開き、ルチアは肩をびくつかせて小さな声を上げる。

小鳥たちが一斉に飛び去って、ルチアが扉のほうを振り向くと、そこには気色ばんだ様子で部屋に入り込む若い娘がいた。

「あ…ら？　ルチア、あなた一人？」

「え、ええ、クロエお義姉さま……」

「おかしいわね。そんなはずはないのだけど」

きょろきょろと部屋を見回す娘の名はクロエ。ルチアの腹違いの姉だ。

年齢はルチアより一歳上の十八歳で、同じ年ごろとなれば多少は話が合いそうなものだが、現実はまったくそんなことはなかった。

「……まぁいいわ」

そう言うと、クロエは窓のほうに近づいてくる。

ルチアは自分のもとに来るつもりだと思って、緊張気味に彼女の動きを見ていた。

だが、クロエはテーブルの前でぴたりと動きを止めると、おもむろにテーブルクロスを引っ張って、その上にあったものをすべて床に落としてしまった。

「……ッ」

けたたましい音に、ルチアは身を固くする。

食べ残していた料理は飛び散り、床もぐちゃぐちゃだ。

クロエはそれらを見て満足げに息をつくと、今度は目を吊り上げていきなり怒鳴り声を上げた。

「ルチア、いつまで食器を床に落としたままにしておくつもりなの!? 食べたら自分で片づけなさい！ あなたのために使用人を呼ぶなんてもったいないじゃない……ッ！」

「は…、はい……っ」

鋭い口調で命じられて、ルチアは慌てて足下に転がる食器に手を伸ばした。

幸い、食器は銀製なので割れることはなかった。しかし、今日は特に食欲がなく、休み休み食べていたせいでまだ半分以上残っていたから床は酷い惨状(さんじょう)だ。いつも小鳥にパンをあげているのも、食が細いからということもあった。

――まずは食器を拾って、それから床を拭かなくては……。

ルチアは命じられるままに床に落ちた皿を片づけていく。辛いとか哀しいとか、そういった感情より焦る気持ちのほうが強く、ただ義姉の命令どおりに動いて満足してもらうことしか考えていなかった。

クロエのほうは従順な義妹を見下ろしてせせら笑っている。

拾った皿をすべてテーブルに置き終えると、クロエはそれらを手で払って再び床に落としてしまった。

「あ…っ」

「遅いわ！　なんなの、その鈍くさい動きはッ!?　苛々して落としちゃったじゃないの。いいから早く拾いなさいよ！」

「……、……は、い……」

ヒステリックな物言いは恐怖でしかない。

けれど、クロエはいつもこうなのだ。

誰が見ても彼女がルチアを嫌っているのは明白なのに、事あるごとに難癖をつけに部屋にやってくる。気に入らないことがあると余計に癇癪を起こすから、大人しく言うとおりにするしかなかった。

ルチアがこんな扱いを受けるのは、父がよそで作った愛人との子だからだ。

存在そのものが気に入らないというのは、この三年間で嫌というほど思い知らされてきたことだ。父の正妻であるクロエの母もすでに亡くなっているが、そのことでも責められることがあるほどだった。

「ふはっ」

不意に、扉のほうから妙な笑い声が響く。

声のほうに目を向けると、開いたままの扉の向こうに肩を揺らして笑う青年がいた。

──お義兄さまも来ていたのね……。

あの青年はサミュエル。クロエの一つ上の兄で、ルチアの腹違いの義兄だ。

サミュエルはクロエのように直接絡んでくることはないが、いつもああやってルチアがいじめられている姿を楽しそうに鑑賞しているのだ。

「──サミュエル、そんなところで何をしてるんだい？」

そのとき、廊下のほうから男性の穏やかな声が聞こえてきた。

途端にサミュエルは顔を引きつらせ、「な、なんでもないけど？」と、そそくさと扉から離れていく。彼の姿はそこでルチアの視界から消え、入れ替わるようにオセが姿を見せた。

どうやら、サミュエルは逃げたようだ。

オセは不思議そうにサミュエルが消えた方角を見ていたが、部屋に顔を向けると、みるみる険しい表情へと変わっていった。

「……クロエ、これはどういうことだい？」

「あっ、あら、オセ……。こ…、これは違うのよ？　ええと、そうそう、ルチアが自分で落としたの」

静かな口調で問いかけられて、クロエは目を逸らして誤魔化している。

オセは眉を寄せると、辺りに散らばる残飯や食器、それから床に膝をついて掃除するルチアを見てため息をつく。

おそらく、何があったのか察したのだろうが、オセはそれ以上クロエに問いただすことはせず、一旦廊下に出て近くにいた男の使用人に声をかけた。

「そこの君、すぐにこの部屋を片づけてくれないか」

「はい、畏まりました」

オセに頼まれ、使用人は笑顔で部屋にやってきた。

だが、中に入った途端、みるみる顔が引きつっていく。こういった場面に出くわしたことはははじめてではないのかもしれないが、あまりの気まずさに大抵の者はこういった反応をするのだ。

皆の視線が集まる中、使用人はぎこちない動きで散乱した食器を片づけている。ズボンのポケットから布を取り出して床を拭いている彼の横顔は、非常にやりづらそうで申し訳ないほどだった。

「そっ、それでは失礼いたします……」

「ありがとう。手間を取らせたね」

使用人は床を綺麗に掃除すると、食器をトレーにのせて扉に向かう。

オセが労いの言葉をかけて彼の表情は僅かに緩んだが、一刻も早くこの場を去りたいとその背中が語っていた。

「……何よ、ルチアにやらせればよかったのに」

使用人が部屋を出るや否や、クロエは不満げに唇を尖らせた。

誰が部屋を汚したのか、オセが追及することはなかったが、呆れたように天井を仰いでいるので状況は理解しているのだろう。彼はクロエの前を素通りすると、ルチアを立たせて服の汚れを丁寧に払ってくれた。

「オセはルチアに甘すぎるわ」

「私は皆に平等だよ」

「嘘よ。だって、どんなに忙しいときでも、オセはほとんど毎日ルチアの部屋に来てるじゃない」

「彼女は身体が弱いからね。私は医者として様子を見に来ているだけだよ。アンドリウスさまの許可も得ている」

「……そ、それなら仕方ないけど」

文句ばかりのクロエだが、アンドリウスの名が出た途端、勢いが無くなっていく。

父は強大な権力者で、逆らう者には容赦しないことで有名だ。

気の強いクロエでさえ、名前が出ただけで大人しくなってしまうのだから、よほど怖いのだろう。ルチアはこれまで数えるほどしかアンドリウスと話したことがなかったが、それでもその威圧感に毎回緊張してしまうほどだった。

——そんなお父さまも、オセ先生の言葉には耳を傾けるというわ……。

オセが公爵家の専属の医者になったのは、今から二十年以上前のことだという。

アンドリウスは、若くして名医と評判だった彼を口説き落として傍に置くようになったようだった。

医者と言っても、彼が主人に求められる役割はさまざまだ。

オセの場合は病気や怪我などの治療行為はもちろんのこと、時には政治的な相談を受けることまであるらしい。彼自身は『たいしたことはしていないよ』と謙遜するが、公爵に頼られている時点で一目置かれる存在なのは疑いようがない。サミュエルやクロエですら、オセの前では『いい子』であろうとするほどだった。

「あ…っと、そうだ。ルチア、君にお客さんが来ていたんだ」

「お客さん？」

オセが思い出したように扉を振り返る。

その動きにつられてルチアも扉のほうを見ると、そこには雰囲気のよく似た二人の若い男が立っていた。

「まぁ、ラッセルにシオン、やっぱり来ていたのね！」

二人に気づくや否や、クロエは目の色を変えて扉に駆けていく。

彼女の態度は先ほどまでとは明らかに違う。

クロエは、シオンと彼の二番目の兄ラッセルの傍まで来ると、華やかな笑みを浮かべた。

「クロエさま、ご無沙汰しております」

「ラッセル、お久しぶりね。一週間前は私がピアノの稽古中だったから、お会いできなくて残念だったわ。あとで知ってどれほどがっかりしたことか……」

「一週間前は、あまり時間がなかったのですぐにお暇したのです。挨拶もできずに申し訳ありませんでした」

「いいのよ。こうしてまた会えたのだから」

そう言って、クロエはうっとりした顔でラッセルとシオンを交互に見つめている。

見目麗しいと評判のサブナック家の子息たちが屋敷に来ると、女性の使用人たちが色めきだつ。年ごろの娘であるクロエもそれは同じだった。

「クロエ、そのくらいにしなさい。ラッセルはルチアに会いに来たのだからね」

「そ、そんなのわかってるわ。……ではまたね、ラッセル」

「はい、クロエさま」

クロエは、オセに注意されて渋々部屋から出ていく。

だが、彼女はラッセルに挨拶すると、今度はシオンの前で立ち止まった。

シオンはクロエに何やら小声で話しかけられて、なかなか部屋に入って来られない様子だ。

――何を話しているの……？

ルチアはそんな二人のやり取りが気になって、廊下のほうをちらちら見てしまう。

シオンは裏庭で訓練していたから来ているのは知っていたが、直接会えるとは思っていなかった。

彼は一人のときは絶対にルチアの部屋に来ることはない。

ラッセルが公爵家の屋敷を訪れたときだけ、兄弟で来てくれるのだ。

「ルチア、元気だったかい？」

「え？　あっ、はい、ラッセルさま。その…、とても元気です」

そうこうしているうちに、ラッセルが傍までやってきていた。

気もそぞろに受け答えしたからか、心配そうに顔を覗き込まれる。

「本当に？　あまり顔色がよくない気がするけど」

「そう…ですか？」

「オセ先生も心配だから来てくださったんだろうし、遠慮しないでベッドで休んでいたほうがいい。ほら、あっちに行こう」

「でも……」

「いいからいいから」

ラッセルはにっこり笑って部屋の隅に置かれたベッドを指差す。

ルチアはせっかく来てくれたのにと思ったが、オセにもそうするように言われて大人しくベッドに向かう。とはいえ、横になるのはさすがに失礼だと思い、ベッドの端に腰掛けるだけに留めた。

「ラッセルさま、いつも気を遣わせてしまってごめんなさい……」

「いいんだよ。君は僕の婚約者なんだから」

「あ…、ありがとう…ございます」

ラッセルの言葉にルチアは思わず口ごもってしまう。

その反応をどう捉えたのか、ラッセルは少しだけ寂しそうに微笑む。

ルチアが様子を窺っていると、彼は一瞬遠くを見るような目で虚空(こくう)を仰いでぽつりと言った。

「君は、兄上の前でもいつも申し訳なさそうにしていたね……」

「……そう…でしたか？」

「あ…、いや、ごめん。そろそろ君と婚約して二年だろう？　そう思ったら、急に昔のことを思い出してしまったんだ」

「そうだったのですね……」

ルチアは内心大きく胸を撫で下ろす。自分の中にある密やかな想いに気づかれたのかと思ってしまった。

「月日が流れるのはなんて早いんだろうね。出会った頃の君はまだ幼さを残していたのに、今は翅(はね)を広げた蝶(ちょう)のようで……」

「え…？　あ、あの……っ」

「ははっ、ちょっと気障だったか」

自分で言って恥ずかしくなったのか、ラッセルは照れくさそうにはにかんでいる。

そんな様子につられて、ルチアの顔まで赤くなっていく。

彼が優しいのはいつものことだが、こんな詩的な口説き文句を言われたことはほとんどなかった。

――でも、あれから二年も経つのね……。

だから先ほど、ラッセルは一瞬遠い目をしていたのか……。

二年前は、彼の一歳上の兄リチャードが亡くなった年だった。

それだけでなく、皆がまだ哀しみに打ちひしがれている中で、ルチアがラッセルと婚約した年でもあった。

当然ながら、この婚約は互いが望んだものというわけではない。

父、アンドリウスの強い要望によるものなのだ。

リチャードが亡くなったばかりで時期尚早という声もあったようだが、アンドリウスはなんとしてもルチアをサブナック家に嫁がせたいと言って、まったく引き下がろうとしなかった。

サブナック家は建国当初から王家のために尽力し、武勲で名を上げた名門貴族だ。

彼らが公爵領に移り住んですでに二十年以上が経つようだが、そのきっかけは『弟の助けになってほしい』という先代の王の命によるものだったという。

国王にそこまで言わしめる者をその国王の弟であるアンドリウスが頼りにするのは、なんらおかしなことではない。ルチアは正式に公爵家の娘として認められているが、正妻との娘ではないため立場が弱く、信頼できる貴族の家に嫁がせようというのも双方にとって悪い話ではないのかもしれなかった。

それに、サブナック家の子息たちは皆聡明で、その容姿は多くの者を引きつけると噂になるほどだ。

しかも、家の方針で彼らには誰一人として決まった相手がいなかった。

アンドリウスがルチアとラッセルの婚約を急がせたのも、きっとその辺りが理由なのだろう。そうしなければ、ほかの貴族から縁談を持ちかけられていただろうから、悠長にしていられなかったというのも納得がいく。

――リチャードさまも優しい方だったけれど、ラッセルさまも本当に優しくて、私にはもったいないくらいだわ……。

公爵家に迎え入れられた三年間、ルチアは一度も家族と食事をしたことがない。

食事の時間になると、給仕が部屋に料理を運んでくれるから、いつも窓の傍のテーブルで一人で食べていた。

そのことは、ルチアを直接知る者なら誰でも知っている。

だからラッセルはいつもシオンを連れて、ルチアとたわいない話をするために会いに来てくれるのだ。

会うのは決まってこの部屋だが、それはルチアが公爵家の中で立場が弱いからだ。
人目につかないよう配慮してくれているのと、気安く話せる慣れた場所のほうがいいだろうという彼らの優しさでもある。リチャードが生きていたときも、二人の弟を連れてルチアに会いに来てくれていた。

「さて、そろそろ帰るよ」

「もうお帰りになるのですか？」

「あまり長居すると、オセ先生に叱られそうだからね」

「そんな…、先生はそれくらいでは怒らないかと……」

「ははっ、そうだったね。君の身体に負担をかけたくないだけだよ」

「……あ、ありがとうございます……」

二人の会話に、オセは壁に寄りかかって静かに微笑んでいた。
ラッセルはそんな様子を見て軽く一礼すると、ふと扉のほうを振り返った。

「あれ、シオンはどこへ行ったんだ？」

「え？」

ルチアも扉のほうを見るが、先ほどまで廊下にいたはずのシオンがいない。
最後に彼を見たのは、部屋に入ろうとしたところでクロエに話しかけられ、足止めされている姿だった。
――もしかして……。

ルチアは頭に浮かんだ考えに自身の手をきゅっと握りしめた。

「やれやれ、どうやらクロエに連れて行かれたようだね」

「そうかもしれません」

「まったく、困ったものだ。あの子はもうじき隣国に嫁ぐ身だというのに……」

「申し訳ありません。シオンもそのことは重々承知していますので愚かな過ちは犯さないとは思いますが……」

「いや、君が謝ることではないよ。シオンが真面目な青年だということは私もわかっている。クロエが面食いだということもね……。まぁ、いつものように、その辺りで立ち話でもしているのだろう」

「捜してきます」

オセは呆れた顔でため息を漏らし、ラッセルも困った様子で眉を下げている。

実際、こういったことは今までも何度かあった。

だから、オセも重く受け止めてはいないのだろう。どちらかというと、クロエに振り回されるシオンに同情しているといった雰囲気だった。

「あの、ラッセルさま、私もご一緒してもいいでしょうか……っ」

その一方で、ルチアは気が気ではなかった。

オセもラッセルも、さほど深刻に捉えていないようだが、クロエがシオンに向ける感情はそんなに軽いものとは思えないのだ。

好きな相手と結ばれないとわかっていても、どうしても目で追いかけてしまう。もうすぐ隣国に嫁がねばならない身だからこそ、余計に止められない。できることなら、もっと傍で話をしたい。

すべて想像でしかないが、ルチアにもその感情に覚えがあった。

「ルチア、君は休んでいたほうが……」

「いいえ、しばらくベッドに座っていたお陰か、とても調子がいいのです。それに、最近は部屋で過ごしてばかりで、少し動かないとと思っていたところでしたし」

「しかし……」

「オセ先生も以前おっしゃっていましたよね？　少し動く程度なら身体に悪影響はないだろうって……。私、決して走ったりしません。屋敷の中を歩くだけにします」

ラッセルが躊躇っていたため、ルチアはすかさずオセに同意を求める。

オセはじっとルチアを見つめ、しばらく考えていたようだが、やがて頷いた。

「……そうだね。少しならいいかな」

さすがに公爵家お抱えの医者が大丈夫と判断するなら、それ以上ラッセルが反対する理由はない。多少の迷いを見せながらも、ラッセルは廊下に出て左右を見回し、気持ちを切り替えた様子で微笑んだ。

「ではルチア、三十分だけ捜してくれるかい？」

「三十分だけ…ですか？」

「僕は廊下の左側のほうへ、君は右側のほうへ行き、二人で手分けして捜すんだ。それで、時間になったら厩舎の前で落ち合うというのはどうだろう。そのときに二人共シオンを見つけられていなかったら、あとは僕に任せて君は部屋に戻って休むこと。それでどうかな？」

「わかりました」

「約束だよ、無理は禁物だからね」

「はい、約束します」

ラッセルに念を押されて、ルチアは素直に頷く。

そのまま廊下に出たところで彼とは別れて、ルチアは右方向へと歩を進めた。

少し進んだところで何気なく後ろを振り返ると、ラッセルの背中はかなり遠くなっている。

あんなに速く歩かれては、ついていくことすらままならなかったはずだ。

彼は、自分が動き回ることでルチアに負担をかけないよう別行動にしたのかもしれなかった。

――私も二人を捜さなくちゃ……。

ルチアは前を向き、身体に負担をかけないように意識してゆっくり廊下を進んだ。

けれど、先ほどクロエがシオンにひそひそと話しかけていた場面が頭に浮かんで胸が苦しくなる。あれから二人でどこに消えたのだろうと考えると、みるみる歩調が速くなってしまう。

今回のようなことは一度や二度ではないけれど、いつもはルチアの部屋からそう離れることはなかったのだ。廊下を出てすぐに目につくところにいることがほとんどだったのに、今日に限って二人の姿はどこにもない。

早く二人を見つけなければと、逸る気持ちが抑えられない。

クロエは美人だ。迫られたら、きっとどんな男の人でも嬉しいだろう。

自分には邪魔をする資格なんてないのに、居ても立ってもいられなかった。

「……シオン、どこにいるの？」

ルチアは手当たり次第に部屋の扉を開けていく。

自分の部屋がある二階を確認し終えると、今度は一階に下りて客間を捜してみることにした。

今の時間、使用人たちは夕食の準備で忙しいようで、客間が並ぶ辺りは特に静かだ。

ルチアは息を弾ませ、扉の取っ手を握りしめる。

果たして三十分でシオンを見つけられるだろうか。

すべてを回りきるには、この屋敷はあまりにも広大だった。

そのとき――、

「――きゃ……っ」

唐突に目の前の扉が開いた。

人がいるとは思っていなかったから、扉の角に頭をぶつけそうになってしまう。ルチアは小さな声を上げて身を固くすることしかできなかった。

「……ルチア？」

すると、不意に扉の動きがぴたりと止まり、間を空けて艶やかな低い声がすぐ傍で響く。

驚いて顔を上げると、扉の向こうには目を丸くしたシオンがいた。

「どうしてルチアがこんなところに……」

「シオン……ッ」

「……ッ」

シオンを見つけられたことが嬉しくて、ルチアは思わず大きな声を出してしまう。

けれど、彼はなぜかぎくりとした様子で頬を引きつらせ、僅かに身を屈めてルチアに囁きかけた。

「静かに。このまま部屋に入ってくれ」

「え、え？」

「いいから早く。そこにいると目立つから」

「あっ!?」

シオンはルチアを無造作に抱き寄せると、強引に部屋に引き入れる。神妙な面持ちで左右の廊下を確かめてから素早く扉を閉めた。

——ど、どういうこと……？

予想だにしない展開に理解が追いつかない。

何がどうなって彼に抱きしめられているのだろう……。

「……あ、あの……っ」

ルチアは頬に当たる逞しい胸板に目を白黒させていたが、シオンのほうは無意識の行動だったようだ。

「え？　……うわ……ッ」

彼はふと自分の胸元に目を向けると、慌てて身体を離して激しく咳き込んだ。

「だっ、大丈夫ですか!?」

「……だ…ッ、大丈…夫、ちょっと咽せただけだ……」

「そうですか……。よかった」

「ん……」

シオンは喉元に手を当て、軽く咳払いをする。

それでようやく落ち着いたのか、彼が大きく息をついたので、ルチアは躊躇いがちに問いかけた。

「あの、どうしてこんなところに一人でいるのですか？」

「……ちょっとな」

だが、シオンは目を逸らして曖昧(あいまい)にしか答えない。

適当に言葉を濁(にご)されたように思えて、胸の奥が軋(きし)むのを感じた。

「そういえば、ルチアこそどうしてこんなところにいるんだ？　兄上と部屋にいたはずだろう？」

「……どうしてって、あなたを捜していたんです。ラッセルさまがお帰りになろうとしたら、クロエお義姉さまも一緒にいなくなっていたから……」

「あぁ……、じゃあ、兄上も近くにいるのか？」

「いえ、手分けして捜していたので」

「そういうことか……。悪かったな……」

ルチアの言葉に、シオンは若干気まずそうに謝罪した。

まさか本当にクロエと何かあったのだろうか。

シオンはなかなか目を合わせてくれないから、余計に不安に駆られてしまう。ルチアはさり気なく部屋を見回し、おそるおそる口を開いた。

「その…、クロエお義姉さまは一緒ではないのですか？」

「は？　い、一緒なわけないだろ!?」

「どうしてですか？」

「う…、だ、だからそれは……」

おかしな質問はしていないのに、シオンはなぜか狼狽えている。

ルチアが黙り込むと、彼はちらりとこちらを見て眉を寄せ、言いづらそうにぼそりと呟いた。

「……ずいぶん前に撒いた。逃げてきたというか」

「逃げてきた？」

「しっ、仕方ないだろ！　苦手なものは苦手なんだから。それなのに、やたらと二人になりたがるから困るんだよ……」

「……え？」

――苦手？　クロエお義姉さまのことが……？

シオンは心底嫌そうにため息をついていたが、ぽかんとするルチアを見て、ぶっきらぼうに釘を刺した。

「誰にも言うなよ」

「え、ええ、もちろん……」

ルチアがこくこく頷くと、シオンも頷く。

しかし、彼はすぐにハッと息を呑み、いきなりぴんと背筋を伸ばした。

「今の話は内密にしていただけるとありがたいです」

「……？」

突然のことに、ルチアは何事かと目を瞬かせた。

見れば、シオンは『まずい』といった様子で顔を引きつらせている。

――もしかして、私が公爵の娘だから……？

だから、わざわざ言い直したのだろうか。

そういえば、彼とはずいぶん長い間まともに話していない。シオンはいつもラッセルと一緒に来てくれるが、相づちを打つ程度であまり会話に入ってこようとしないのだ。

考えてみると、こうして二人きりになるのは初対面のとき以来かもしれない。

シオンもどう接していいのかわからないのだろう。今さらながら、焦っている様子が伝わってきた。

「そんなふうに畏まらないでください。私は、先ほどの話し方のほうが嬉しいです」

「いや、しかしそれは……」

「どうしてだめなのですか？　はじめて会ったときは先ほどのように自然に話しかけてくださいました」

「あれは……」

「あっ、だったら、こうしませんか？　今だけ、お互い昔のように気軽にお話ししましょう。よくよく考えてみると、私も先ほど『シオン』と呼び捨てにしてしまいました。けれど、今はそれを気にしたところで誰も咎める者はいません。だって、ここにいるのは私たちだけなんですもの」

「……ま、まぁ…、ルチア…が、それでいいなら……」

こんなに積極的になれるなんて、我ながら驚きだった。

けれど、二人きりになれる機会なんて、この先もあるかどうかわからない。

これきりになるかもしれないのなら、今だけでもいいから出会ったばかりの自分たちに戻りたいという気持ちが勝ってしまったのだ。

　クロエに対してシオンが特別な感情を抱いていないと知って、多少気持ちが緩んだ部分もあるかもしれない。本当はいけないことだとわかっていたが、ルチアは奇跡のようなこの状況に密かに胸を躍らせていた。

「そういえば、シオンはもう見習いの騎士ではないのですよね。私、聞いたことがあるんです。剣の腕も馬術にも長けていて、あっという間に先輩たちを追い抜いてしまったのでしょう？」

「……いや、別にそこまですごいことでは……」

「でも、オセ先生も褒めていたんですよ。シオンなら、いずれ騎士団の指揮を任されても不思議じゃないって」

「オセ先生が？」

「ええ、将来有望だっておっしゃっていました。そうやって人に認められるって、やっぱりすごいことだと思います」

「すごいって…、ルチアもそう思うのか？」

「もちろんです」

「そう…か。なんていうか、その…、ありがとな」

　ルチアの言葉に、シオンは照れくさそうに目を伏せる。

　相変わらず、長い睫毛だ。

艶やかな黒髪も深い翡翠色の瞳も三年前と変わらない。

変わったのは、あのときよりさらに伸びた身長と、低音のしっとりした声。

もともと大人びていた容貌は精悍さを増し、目が合っただけでどきりとしてしまうほど男らしく成長していた。

ルチアは平静を装いながらも、いつもより何倍も心臓が強く拍動しているのを感じていた。

本当は、シオンが剣の腕も馬術に長けていることもよく知っている。

部屋の窓からずっと彼を見つめ続けていたから、本人に聞くまでもないことだ。

けれど、訓練している以外の部分は何もわからない。ルチアは、自分の知らない彼のことをもっと知りたかった。

「騎士団では、普段どんなふうに過ごしているのですか？」

「地道な訓練ばかりだよ。時々、遠征に出かけることもあるが……」

「遠征？」

「あぁ、王国の騎士団と公爵領の騎士団とで、合同で訓練をすることがあるんだ。今は情勢も安定しているし、他国との大きな争いもない。精々、国境沿いでの小競り合いくらいだが、いざというときのために必要なことだ」

「そうなんですね」

「ただ、遠征のたびに王国の騎士団との違いを考えさせられる。彼らは俺たちとは士気の高さがまったく違うんだ。士気の高さは情勢が危ういときほど重要になる。俺はまだ一度もお目にかかったことはないが、国王陛下はさぞ立派な方なんだろう……」

そこまで言うと、シオンは僅かに瞳を曇らせた。

この公爵領は王国内にある小さな国のような扱いで、王国騎士団と同じ規模の騎士団の結成が許されている。そのことはルチアも知っていたが、世間知らずの自分には彼が何を言いたいのか、具体的に想像ができない。なんとなく伝わるのは、その翳った表情から彼が何かに思い悩んでいるということだった。

――シオンが言いたいのは、国王陛下の存在が王国の騎士団の士気を高めているということかしら……。

わからないながらも、ルチアは考えを巡らせていく。

確かに、いざというときに命をかけねばならないというなら、支柱となる存在が尊敬に値する人物かどうかは重要かもしれない。そう考えると、公爵領の騎士団の士気が低いのはアンドリウスに問題があるということになるが、それを口にするのはとても危ういことのように思えた。

「俺は、いずれここを離れようかと思ってるんだ」

不意にシオンが思わぬことを言い出す。

ルチアは目を見開き、無意識に身を乗り出してしまう。

「ど…っ、どうしてですか？」

「実はずいぶん前から、向こうの指揮官に王国騎士団に来ないかと誘われてるんだ。どうせなら、国王の下で働いてみないかと……。兄上が家を継いで二年になるし、俺がいなくなったところでなんの問題もない。独り立ちするのにも、ちょうどいい時期なんじゃないかと思うんだ」

「……ッ、それは、ここでの生活に不満があってのことですか……？」

「そういう…わけではないが……」

ならば、どうして生まれた土地から離れようというのだ。

何も不満がないなら、わざわざ遠くに行かなくてもいいではないか。

ルチアは心の声が零れ出そうになったが、シオンの強ばった顔を見て何も言えなくなってしまう。今の話の流れからして、彼が現状に何かしら思うことがあるのは聞くまでもないからだ。

──シオンがいなくなってしまう……？

想像もしなかった話に言葉が出てこない。

しばし二人の間に沈黙が流れたが、シオンはふと何か思い出した様子で口を開いた。

「ルチア、身体のほうは大丈夫なのか？」

「……身体……？」

「その、部屋にいたとき、兄上が心配していたようだったから……。オセ先生が来ていたのは、調子が悪かったからだろう？　俺のことを捜すよりも部屋で休んでいたほうがよかったんじゃないのか？」

「い、いいえ、そんなに調子が悪いというほどではなかったんです。オセ先生も大丈夫って言ってくれましたし……」

「本当に平気なのか？　なんだか、最近頻繁に先生の姿を見かける気がするんだが」

「それは偶然時間が重なっただけだと思います。先生は私がここに来たときからほとんど毎日診察にいらしてくださっていますから」

「……ここに来たときから？　そんなに前から悪かったのか？」

シオンはやや驚いた顔で、身を乗り出すように問いかけてくる。

彼は週に一度公爵邸に来ればいいほうで、こういったことは話題に上らないから知らなかったのだろう。

しかし、改めて思い返して、ルチアは小さく首を傾げる。

考えてみれば、自分は幼い頃から病気がちなわけではなかったのだ。

「お母さまの屋敷にいた頃はそんなことはなかったのですが」

「そうなのか？」

「ええ、乳母と暮らしていた頃も……。でも、オセ先生が言うには、もともと少し心臓が弱かったはずだって……。だから、私が気づかなかっただけかもしれません」

オセは誰もが認める名医だ。そんな人の診断が間違っているはずがない。

ルチアが部屋からほとんど出ないのは、三年経った今でも愛人の娘という目で見られてしまうからというだけではない。オセに言われてそうしている部分のほうがずっと大きかった。

「……先生はいつもルチアにどんな診察をするんだ？」

「診察…というか、身体の末端が冷たい状態なのがよくないらしくて、温かくなるまで揉んでくださいます」

「末端を揉む……？」

「えぇ、手や脚を揉んでくださいます」

ルチアが頷くと、シオンの眉間に皺ができる。

鋭く動いた視線は、ルチアの手や足を見ているようだった。

どうしたのだろう。不思議に思って首を傾げると、彼はふいっと顔を背けて口を引き結んだ。

「手や脚を揉むだけで、オセ先生がわざわざ出向く必要なんてあるのか？　さすがに毎日というのは過剰としか思えないが」

「シオン……？」

シオンは窓のほうをじっと睨んで、どこか苛立った様子でため息をついていた。

けれど、ルチアは彼が何に苛立っているのかよくわからない。

——先生の手を煩わせていることを怒っているのかしら……？

だとしたら、シオンの指摘は尤もだ。

これまでそこに気づかなかったことが恥ずかしい。ルチアは今度からオセを頼らないようにしなければと深く反省した。

「そろそろ戻るか。兄上も捜しているというしな」

「そうですね……。あ、そうだわ。ラッセルさまと三十分後に厩舎で落ち合うことになっているんです」

「三十分？　それってとっくに過ぎてるんじゃ……」

「えっ、本当ですか？」

「とにかく行こう」

「はいっ」

シオンといるとあっという間だ。

——本当にもうこんな機会はないかもしれない……。

ルチアは扉を開けるシオンの横顔を惜しむようにじっと見つめた。

長く見つめすぎたのか、不意に彼がこちらに顔を向ける。

いきなり目が合って内心焦ったが、シオンのほうはいつもと変わらぬ涼やかな表情でルチアに先に出るよう促してくれた。

その後は会話という会話はなく、客室からほど近い勝手口から裏庭に出て厩舎へと向かった。

「——シオン、どこに行ってたんだっ！」

厩舎の前では、ラッセルが腕組みをして待っていた。

約束の三十分はとうに過ぎていただろうから、ずいぶん待たせてしまったことになる。ラッセルはシオンに気づくや否や、やや大きめの声で叱ったが、表情を見ると怒っているというより呆れているといった感じだ。シオンは素直に己の非を認めてラッセルに謝罪した。

「兄上、すまない。すぐに戻るつもりだったんだが、訳あって逃げ回ることになってしまったんだ」

「逃げ回……、ま、まぁいい。事情は大体わかったから、もう帰るぞ」

「わかった。じゃあ、馬を連れてくる。兄上の馬も連れてくるから、彼女を頼んだ」

やはりラッセルは怒っているわけではないようで、シオンが謝るとそれ以上責めることはしなかった。クロエに連れて行かれたことはわかっていたから、逃げ回っていたことも一応想定していたのかもしれない。

厩舎に向かうシオンの背中を見送ると、ラッセルは苦笑いを浮かべてルチアに向き直った。

「ルチア、面倒をかけてすまなかったね。あいつ、家でもふらっといなくなることがあって……。そういえば、君とはじめて会ったときもそうだったな。規律を重んじるサブナック家の男にしては若干自由すぎるところがあるんだよ」

「いいえ、私のほうこそ遅くなってしまってごめんなさい……。その、シオンさまの逃げ回る手助けをしていて……」

「そうだったんだね。君がいてくれてよかった」

「そ、そんなたいしたことでは……っ」

間違ったことは言っていないが、なんだか後ろめたい。

シオンと二人きりになれて浮かれていた自分を思い出してしまい、ラッセルの笑顔をまっすぐ見ることができなかった。

「兄上、連れてきたぞ」

「あぁ、シオン、早かったな」

そうこうしていると、シオンが厩舎から馬を二頭連れて戻ってくる。

黒く雄々しいほうがラッセルの馬で、賢そうな葦毛がシオンの馬だ。

ラッセルは自身の馬の手綱を受け取り、横腹をやんわりと撫でている。

シオンは自分の馬に「待たせたな」と小声で話しかけ、素早く背に乗った。

「ではルチア」

「ええ、ラッセルさま、気をつけてお帰りくださいね」

「ありがとう、また近いうちに会いにくるよ」

そう言って、ラッセルは馬の鬣（たてがみ）に手を伸ばす。

しかし、その途中で彼の指先がぴくりと震え、なぜか動きが止まってしまった。

――どうしたのかしら……？

不思議に思っていると、ラッセルの足下が僅かにぐらつく。

「ラッセルさま……っ」

「兄上!?」

突然のことにルチアとシオンは驚嘆し、ラッセルは二人の声にハッと息を呑んで咄嗟に鬣を摑んだ。

「……ッ」

ラッセルはそのまま数秒ほど動かずにいたが、やや間を空けて大きく息をつく。

ルチアはすかさずラッセルに駆け寄り、シオンも慌てて馬から降りていた。

「ラッセルさま、どうされたのですか!?」

「大丈夫か、兄上」

「……あ、ああ、ごめん。軽い眩暈がしたみたいだ」

「眩暈？　少し休んでいくか？」

「いや、もう収まったから大丈夫だ。このまま帰ろう」

「ラッセルさま、無理をされないほうが……」

「大丈夫だよ。恥ずかしいな、君に変なところを見せてしまった」

「そんなこと……」

ラッセルは二人の心配をよそに眉を下げて笑っている。

その様子は普段どおりで特に異変は感じられない。

心配な気持ちはあったが、顔色も悪くないので本当に一瞬眩暈がしただけだったのかもしれない。ラッセルは地面を蹴って馬の背に乗ると、いつもの優しい微笑みでルチアを見つめた。

「では、またね」

「……どうかお気をつけて」

ルチアの言葉にラッセルは軽く右手を挙げて馬腹を軽く蹴る。

シオンを見ると、彼もいつの間にかまた馬に乗っていて、『じゃあな』と唇だけ動かしてルチアの前を通り過ぎていった。

二人の姿は徐々に小さくなり、やがて厩舎の前からでは見えなくなる。

耳を澄ませば蹄の音だけは微かに聞こえたが、程なくしてその音すら聞こえなくなった。

「――ルチア」

そのとき不意に後方から自分を呼ぶ声がした。

振り向くと、屋敷のほうからオセが近づいてくるところだった。

「いつまでもそんなところにいては身体に障るから、早く屋敷に戻りなさい」

「は、はい、オセ先生」

オセはルチアを窘めながら目の前で立ち止まり、その小さな手に触れるとため息交じりに眉をひそめた。

「ほら、こんなに手が冷たくなっているじゃないか。三十分と約束したのだから、守らないとだめだろう？」

「……ごめんなさい」

「ショールを持ってきたから使いなさい」

「あ…、ありがとうございます」

ルチアの身体を心配して、オセはショールを持ってきてくれていた。

少し日が落ちてきたから風が冷たくなっている。肩にかけられたショールの暖かさにほっとさせられた。

「さぁ戻ろう」

「はい、先生」

ルチアはオセに促されて屋敷へと歩き出す。

――なんだか、夢のような一日だったわ……。

あんなふうにシオンと話せるなんて思いもしなかった。

帰るときには、『じゃあな』と唇だけ動かして挨拶してくれた。

はじめて彼と会ったときのように胸がきゅうっと締めつけられてしまう。

その日は気を抜くとすぐに昼間の出来事が頭に浮かんで、夜になってもなかなか眠くならなかった。

そのせいで翌日は寝不足になってしまったが、多少嫌なことがあっても、シオンとのやり取りを思い出しただけでとても前向きな気持ちで過ごすことができた。

第二章

――公爵家に引き取られてから、ルチアには日課になっていることがあった。

「ルチア、はじめようか」

「……お願いします、オセ先生」

以前はそれが行われる時間はまちまちだったが、最近は部屋で昼食を済ませたあとにはじめられることが多い。

その日も、昼食後に窓の外を眺めていたときにオセがやってきて、いつもの日課が行われていた。

「ようやく温かくなってきたね。ルチア、わかるかい？」

「はい、なんとなくわかります」

「今度は少し腕を上げて。そう、そのまま私に預けて……」

「は……い……」

手のひらから指先に向けて、オセはルチアの指の一本一本までを丁寧に揉み解(ほぐ)していく。

そのうちに手が温かくなるので、今度は手首から肘にかけて揉み解したあと、二の腕を順繰(じゅんぐ)りに揉んでいくところまでが一つ目の流れだ。

これが『治療行為』だと言われても、最初の頃は異性に直接身体を触られるのはなかなか慣れなくて、ずいぶんオセを困らせてしまった。

けれど、回数を重ねるうちに少しずつ平気になり、今ではルチアもこの行為を当たり前に受け入れられるようになっていた。

「……腕のほうはこれくらいでよさそうだ。ルチア、次は脚を揉むから横になってくれるかい？」

「わかりました」

オセに言われて、ルチアは大人しくベッドに横になる。

お腹の上で手を組んで天井を見上げると、オセはルチアの足下へと移動していく。

手や腕については、ベッドの傍に椅子を置いて座って治療していたが、脚を揉むときは同じ体勢ではできないからだ。

オセはベッドに膝をつくと、ルチアの両足首をそっと握りしめる。

そのまま足の甲を擦り、つま先を揉み解していく。

足の裏を親指の腹でやや強めに押していき、踵(かかと)を手のひらで包むようにして揉み込み、両足首の裏側は細かな動きで擦りあげる。その後はふくらはぎへと向かい、膝の辺りまで丹念に揉んでから太股の半分くらいまで同じように解していく――、と、ここまでの動作が二つ目の流れとなっていた。

「ルチア、脚のほうも少しずつ温かくなってきたよ」

「はい、わかります」

「痛かったら言うんだよ。心地いいと思えるくらいがちょうどいいんだ」

「大丈夫です。痛くありません」

「それならよかった」

オセはにっこり笑うと、太股を揉み解していく。

当然ながら、スカートも捲られているため、太股の半分くらいまであらわになっていた。

しかし、これまでオセがおかしな行動に出たことはなく、この治療に必要なことだとわかっているから特に気にしないようにしていた。

――それに、今は誰も部屋に入ってこないから安心だもの……。

オセが治療しているときは、部屋の外で兵士が待機することになっているのだ。

クロエやサミュエルがいきなりやってくることもないので、嫌な思いをしなくて済むという意味でも貴重な時間だった。

『――手や脚を揉むだけで、オセ先生がわざわざ出向く必要なんてあるのか？　さすがに毎日というのは過剰としか思えないが』

不意に、一週間前のシオンの指摘が頭を過って、ルチアは途端に罪悪感に苛まれてしまう。

情けない話だが、シオンに言われるまでオセの手を煩わせていることに思い至らなかったのだ。

オセは公爵家の専属の医者だが、この屋敷で生活しているわけではない。

以前は呼ばれたときだけ来ていたらしく、それ以外は希望者の診療に出向くなどして病気の人のために時間を使っていたのだという。今はアンドリウスの政治的な相談を受けることもあってさらに忙しいのに、ルチアの治療のためだけに毎日通わせているだなんてあまりに申し訳なかった。

——やっぱり、このままじゃいけないわ……。

ルチアとオセでは、『時間』の貴重さがまるで違う。

この一週間、なかなか断る勇気が出なかったが、ルチアはようやく気持ちを固めて大きく息を吸い込んだ。

「先生、この治療の仕方を私に教えていただけないでしょうか？」

「……いきなりどうしたんだい？」

「その…、先生は忙しい人だから、毎日ここに通うのは大変だと思うんです……。私がやり方を教えてもらって自分でできるようになれば、先生はほかのことに時間を使えるでしょう？　病で苦しんでいる人はたくさんいるでしょうし、そのほうが皆のためにもいいのではないかと……」

そこまで言うと、ルチアは僅かに上半身を起こした。

三年間も毎日続けられたことだから、大体の流れと動きは自分でもわかる。もしコツがあるなら、それを教えてもらえればなんとかなるのではないかと、そんなふうに考えていた。

「気持ちは嬉しいけれど、さすがにそれは無理だろうね」

「どうしてですか？」

「医術の心得がなくてはできないことだからだよ。この治療は、簡単そうに見えてそんなに手軽にできるものではないんだ。ルチアの身体はね、君が思う以上に深刻な状態なんだよ。毎日治療しているからわからないかもしれないが、君の身体は異常なほど冷えやすいんだ。そのせいで心臓にとても負担がかかっている。何もしなければ、いずれは子を産むことも難しくなるだろう。医者として見逃すことはできないよ」

「……そんな……」

ルチアは驚きのあまり言葉が出ない。

以前から心臓が弱いとは言われていたが、そんなに酷い状態だったとは思いもしなかったのだ。

――何もしなければ、赤ちゃんを産むことさえ難しくなるだなんて……。

ルチアは呆然としながら、左右の手のひらに目を落とす。

これまで冷えていると感じたことはなかったが、それはオセの治療の賜物だったということか。医学的知識もないくせに、自分でもできるだなんて簡単に考えていたことが恥ずかしかった。

「ルチア、君はもっと人に甘えることを覚えなさい」

「……オセ先生……」

「私に気を遣う必要なんてないんだよ。頼れることはなんでも頼るといい。医者としてでも、年長者としてでも……。君からすれば、私は父親のような年齢なのだからね」

オセは小さく笑って、ルチアの膝をぽんぽんと優しく叩く。

確か、オセは今三十八歳のはずだ。

アンドリウスは五十歳だから、父親のような年齢というには若すぎるが、そういう気持ちでいてくれているということなのだろうか。

「いいね、ルチア？」

「は、はい」

不遇な扱いを受け続ける公爵家で、唯一オセだけが優しくしてくれた。

彼ほど信頼できる大人は、ほかにはいない。

緩やかにウェーブがかかった美しい黒髪に、青い瞳。

眉目の整った顔立ちはとても気品があり、シオンほどではないが背も高い。

こんなに素敵な人なのに、どうしてオセは誰とも結婚しないのだろう。

前に聞いたときは、『私は結婚に向いていないんだよ』と笑っていたけれど、これほど包容力がある人がと不思議でならなかった。

「さて、今日はこれで終わりにしよう」

「はい、ありがとうございました」

オセは太股まで捲ったスカートを元に戻すと、ベッドを降りる。

心強い味方がいてくれることに感謝の念が絶えない。ルチアは目の端に涙が溜まっていることに気づいて、素早く指で拭う。

オセはたぶんそのことに気づいていただろうが、微かに口元を綻ばせただけで何も言わなかった。

――コン、コン！

そのとき、バタバタと廊下を駆ける足音が近づき、大きく扉をノックする音が部屋に響いた。

気のせいか、やけに慌ただしい。

オセもそう感じたようで、眉を寄せて扉に向かう。

扉の向こうには、息を切らせた兵士が蒼白な顔で立っていた。

「……どうかしたのか？」

「オセ先生、至急お伝えしたいことが……っ」

「至急？」

「は…、はい。それが…――」

兵士は何かを言いかけるが、ふとベッドに腰掛けたルチアに気づいて頬を引きつらせる。

ルチアが首を傾げると、その兵士はなぜか視線を逸らしてしまう。

少しして、オセにぼそぼそと小声で伝えはじめたが、ルチアの耳には届かなかった。

「え……っ!?」

その直後、オセが声を上げる。

彼にしては珍しく大きな声だった。

兵士は一瞬怯んだが、続きを促されてまた小声で伝えはじめる。

オセはその話に耳を傾けながらも、時折硬い声音で相づちを打っていた。

やがて話が終わったのか、オセは深いため息をつく。

兵士が一礼してその場を立ち去ると、オセは間を置いて扉を閉め、ルチアのもとに戻ってきた。

「何かあったのですか？」

「……ああ、いや」

ルチアの問いかけに、オセは曖昧に返事をする。

いつもは相手を見て話す人なのに、今はルチアをまったく見ようとしない。

声は硬く、表情も強ばり、先ほどまでのオセとは違っていた。

「ルチア……」

「は…い」

そういえば、彼のこんな表情は以前も見たことがあったかもしれない。

──あれは確か二年前の……。

そこまで考えて、ルチアは自分の手を固く握りしめる。

そんなわけがない。ルチアは頭に浮かんだ考えを否定しながらも、青ざめたオセの顔をじっと見上げた。

心なしか、オセの呼吸が乱れている。

少しだけ唇が震えているように思えてならなかった。

「…ラッセルが……、亡くなったそうだ」

「──…ッ」

その瞬間、ルチアは息を詰めてぐっと手に力を込めた。

手に爪が食い込み、皮膚が裂けたとわかったが力を緩められない。

きっと、何かの冗談に決まっている。

ラッセルとは一週間前に会ったばかりなのだ。『またね』と言って、笑顔で別れたのにそんなことがあるはずがないだろう。

「……ぁ……」

そのとき、ラッセルが別れ際に一瞬眩暈を起こしたことが脳裏を過った。

もしかして、彼はあのとき何か身体に不調をきたしていたのだろうか。

だとしたら、休ませることなく帰してしまったことが原因なのでは……——。

「なぜこんなことに……。ついこの間、彼と会ったときは特に変わった様子はなかったというのに……」

オセは声を震わせながら、自分の顔を手で覆う。

ルチアはそれに答えようとしたが、喉の奥が詰まってうまく声が出なかった。

二人目の婚約者の死という現実に、心の奥がみるみる冷えていく。

ルチアは強く握った手から僅かに血が滲む様子を、ただ呆然と見つめることしかできなかった。

❀　❀　❀

——ラッセルの訃報が屋敷に広まったのは、彼が亡くなって間もなくのことだ。

当然ながら、その突然の死に誰もが耳を疑った。

何せ、亡くなったのは健康的な若者で、二年前に彼の兄も非業の死を遂げているのだ。

こういうとき、残された婚約者に世間の注目が集まるのは、ある意味致し方ないことではあったろう。

普通であれば、多くはルチアに同情的な反応を示すところだ。

リチャードが急逝したときは、実際にそういった反応がほとんどだった。

しかし、たった二年のうちに婚約者が二人も死んでしまった事実は、人々の目には異様なものとして映り、ルチアに対する世間の反応は同情とはかけ離れたものとなってしまっていた。


「――ここなら、大丈夫かしら……」

その日もルチアは部屋から出ると、人目を忍ぶように裏庭にやってきていた。

見たところ、この辺りに人の気配はなさそうだ。

ここに来るまで何人かの使用人とすれ違っただけだから、気づかれなければ騒がれることはないはずだ。ルチアは周囲を警戒しながら、近場の木に身を隠してようやくホッと息をつく。

――本当は部屋を出たくなかったのだけど……。

できることなら、一日中でも部屋に籠もっていたかった。

けれど、自分が部屋にいると使用人に迷惑がかかってしまう。

少し前まで、彼らは昼前になると必ずルチアの部屋を掃除に来ていたのに、今は脅、、えて、なかなか中に入ってこようとしない。

そのため、こうして掃除をしている間だけ部屋を出て、裏庭でなんとか時間を潰そうとしていたのだ。

ルチア自身は周りを脅えさせる意思なんて微塵もない。

自分でもこんなことになるなんて考えてもみなかった。

「――…ねぇ、あの噂、本当かしら……」

「……ッ」

そのとき、足音が近づき、若い女の声が耳に届いた。

ルチアはハッとして、その場で息をひそめる。

「噂？　あぁ、ルチアさまのこと？」

「えぇ、なんだか屋敷にいるのが怖くなってしまって……」

どうやら、二人いるようだ。どちらも女性の使用人だ。

彼女たちは誰もいないと思って、休憩しにきたのだろう。

近くにルチアが隠れているとも知らず、二人ともこの屋敷で広まっている噂話に夢中になっていた。

「確かに不気味よね……」

「あなたもそう思う？　私、ここを辞めようか考えているの。だって、婚約者が二人も死ぬなんておかしいわ。下手にルチアさまに近づいたら、私も殺されてしまうんじゃないかって……っ」

「やだ、やめてよ。屋敷に戻れなくなるじゃない」

「別に脅してるわけじゃないわ。私も前は、ルチアさまの不遇な扱いを可哀想に思っていたのよ。でも、リチャードさまもラッセルさまも自ら命を絶ってしまったのは事実でしょう？　そんなの異常としか言いようがないじゃない。きっと、あの噂は本当なのよ……、悪魔か死神が取り憑いてるって」

「……そう…ね。私もちゃんと考えなくては……。いくらお給金がよくても、死んだらお終いだものね。そうでなくても、ここは雰囲気がよくないのに……」

「ええ、アンドリウスさまの機嫌を損ねたら、どんな罰を受けるかわからないもの。クロエさまもサミュエルさまも自分勝手だし……」

「もう潮時かしらね」

彼女たちはひそひそ声で仕事を辞める算段をしている。

しかも、微かに声が震えて脅えを孕んでいるようだった。

——どこにいても、同じね……。

『呪われた娘』

『死神令嬢』

『近づくだけで恐ろしい目に遭う』

『公爵さまは、なぜあんな娘を認知したのか』

そこかしこで囁かれる噂話はすべてルチアに向けられたものだ。

ラッセルが亡くなるほんの半月前まで、世間はルチアを愛人の子という目でしか見ていなかった。なるべく人の目に触れないように生きてきたのに、まさかこんな注目のされ方をするなんて思いもしなかった。

やがて使用人たちの声は小さくなり、足音とともに遠ざかっていく。

けれど、ルチアはその場から動くことができず、ずるずると頽れるように座り込んでしまう。

――私は、本当に呪われているの……？

皆の噂を、ルチアは何一つ否定できない。

立て続けに婚約者を亡くしてしまったことも、病死や事故死といった外的要因とはっきりわかることなら、まだ自分に同情する者もいただろう。

しかし、二人とも『自死』となると印象が違ってくる。

ラッセルの訃報を聞いたとき、ルチアもはじめは何かしらの病気が原因かと思っていた。

だが、オセが詳細を確認したところ、リチャードと同じ状態だったことから自ら命を絶ったという結論に至ったというのだ。

ルチアには、リチャードやラッセルがどういった状態で亡くなったのかは知らされていないが、医者の結論に間違いがあるとは思えない。兄弟揃って自死を選ぶなど、誰が聞いても異様としか言いようがなかった。

ラッセルの訃報は瞬く間に周囲に広まり、気づけばルチアは『呪われた娘』『死神令嬢』と恐れられるようになっていた。

ここしばらくは、クロエやサミュエルも部屋に近づこうとしない。

時折廊下で見かけることがあっても、二人のほうから逃げてしまう。

周囲からあからさまに避けられ、そのたびにルチアは孤独感に苛まれていった。

「……そろそろ…、部屋に戻ろう……」

ルチアはぽつりと呟き、地面に手をついて立ち上がろうとした。

もう掃除は終わった頃だろう。なんだか疲れてしまった。誰にも気づかれないように部屋に戻って、すぐにベッドで休もう。

そう思うのに、ルチアは足に力が入らず、なかなか立ち上がることができない。

もがくように雑草を摑むと、僅かに前のめりになって上半身がぐらつく。倒れそうになったところで咄嗟にもう一度地面に手をつき、なんとか安定したが、ふと視界の隅に鳥の羽根のようなものが見えて何気なく前を向いた。

「――え……」

その直後、ルチアはビクッと肩を揺らす。

一瞬のうちに身体から血の気が引いていく。自分でも顔面蒼白になっていくのがわかるようだった。

「小鳥…さん……」

どうして土の上で寝ているの……。

ルチアは身体を震わせながら周囲に目を向ける。

土の上に横たわっているのは一羽だけではない。よくよく見てみると、ほかにも一羽、さらにもう一羽が土の上に横たわっていた。

顔の辺りはオレンジ色、頭部と羽根は少し茶色がかった灰色。

ルチアの部屋にパンを啄みにやってくる小鳥たちとそっくりだった。

――そういえば、ここ数日は姿を見なかった……。

窓縁にパンを置けば、普段ならすぐに元気な姿を見せてくれる。

一向に姿を見せないことを多少不思議に思っていたけれど、ラッセルの訃報や自分に対する周囲の目が気になって、ほかのことを考えている余裕がなかったのだ。

この地面に横たわる小鳥たちがあの小鳥たちなのか、見た目だけで判断することはできない。しかし、状況的に違うとは言い切れない。少なくとも、ルチアにはあの小鳥たちにしか見えなかった。

「……私……のせい……だ……」

ルチアは掠れた声でか細く呟く。

自分のせいで小鳥たちを死なせてしまった。

呪われた自分と仲良くしていたから、こんな目に遭ってしまった。

ルチアは這うようにして小鳥たちのもとへ近づいていく。冷たく硬くなった身体に触れると、涙が溢れ出してぱたぱたと地面に零れ落ちた。

――こんなことになるなんて……。

皆の噂は本当だったのだ。

リチャードもラッセルも、自分のせいで死んでしまった。

小鳥たちの亡き骸を目の当たりにして、ようやく皆の恐怖が理解できた気がした。

こんな娘に近づけるわけがない。

自分の身が危険に晒されるかもしれないのに、いつもどおりに振るまえるはずがなかった。

「……どうやって謝ればいいの……」

サブナック家の人たちに、どう償えばいいのだろう。

シオンも、彼の父セオドアだって、こんな恐ろしい娘とは金輪際関わりたくないと思っているはずだ。もしもシオンまでルチアと婚約させられたら、彼らの家は断絶してしまうかもしれなかった。

さすがに次はないと思いたい。

こんな恐ろしい娘を大事な臣下のもとに預けても、皆が不幸になるだけだ。

「……っ、……う……、ごめ…なさ……い……」

ルチアは小鳥たちを土に埋めながら嗚咽を漏らす。

自分が公爵家に来なければ、こんなことにはならなかった。

そもそも自分が生まれてこなければ、母も死ななくてすんだかもしれない。

ルチアは何もかもが自分のせいとしか思えなくなり、それからしばらくの間、辺りにか細い懺悔と嗚咽が聞こえていたが、風音に搔き消されて誰にも届くことはなかった——。

第三章

――一か月後。

針の莚のような日々は、相変わらずだ。

ルチアのことを『死神令嬢』と噂する声も無くなることがない。

時間の経過もあって、使用人は以前ほどあからさまに怖がることは無くなったが、それでもやはり警戒する様子は伝わってくる。

そのため、ルチアは掃除のときだけ裏庭で時間を潰して、あとは自室に引きこもるといった生活をずっと続けていた。

ここしばらく、まともに顔を合わせた人はオセだけだ。

けれど、必要以上に自分と近づけばオセの身も危ないと思い、最近は『例の治療』も数日置きにしてもらっている。本当は治療自体やめてほしかったが、それはだめだと言われて今の頻度になっていた。

また、クロエやサミュエルもルチアの部屋に寄りつかなくなり、アンドリウスとも一度も会っていない。どうして自分は公爵家に引き取られたのかと、ルチアはそんなことを考えては鬱々（うつうつ）とした日々を過ごしていた。

――コン、コン。

ベッドで膝を抱えていると、不意に扉をノックする音が響いた。

ルチアは肩をびくつかせ、柱時計に目を移す。

まだ午前十時だ。掃除は終わったあとだし、オセが来るにしても早すぎる。

人と接することが怖くて、ベッドを降りて扉を開けるまで必要以上に時間がかかってしまった。

「は、はい……」

「あ…、ルチアさま、部屋におられたのですね」

「……ご、ごめんなさい。その…、少し休んでいたので……」

部屋を訪ねてきたのは衛兵だったが、ルチアがなかなか出てこないから不在だと思ったのだろう。立ち去ろうとしたところで扉が開き、衛兵はほっとした様子で戻ってきた。

「あの、どうかしたのですか？」

「アンドリウスさまがお呼びです。お休みのところを申し訳ありませんが、今すぐ広間へおいで願えますか」

「お父さま…が……？」

「よろしいでしょうか」

「あ…、は、はい、わかりました……」

まさかの話にルチアは戸惑いを隠せない。

父が自分に用があるなんて滅多にないことだ。

妙な胸騒ぎを覚えたが、父の呼び出しを断れるわけがない。

ルチアは言われるがまま部屋を出ていく。

程なくして広間の前にたどり着くと、衛兵はそこで立ち止まる。

扉の左右には兵士が屹立(きつりつ)しており、彼らは衛兵と目配せをし合って、おもむろに扉を開けた。

「ルチアさまをお連れしました！」

衛兵は背筋を伸ばしてそう言うと、一歩下がってルチアを中へと促す。

ルチアは緊張しながら歩を進めようとするが、胸騒ぎが酷くなって足取りが重くなってしまう。

──お父さまは、なんの用で私をここへ呼んだの……？

公爵家で過ごした三年間で、アンドリウスに呼ばれたのは三度しかない。

一度目はここにはじめて来た日で、二度目はラッセルとの婚約を言い渡された日、そして今が三度目だ。

「……あ」

おそるおそる中へ入ると、見知った長身の若い男性が目に入る。

その男性は大きなテーブルを挟んで向かい側に座るアンドリウスを見ていたが、ふとルチアのほうに顔を向けた。

——シオン……。

彼を目にした途端、ルチアの足はカタカタと震え出した。

嫌な予感を打ち消したいのに、ここに彼も呼ばれている時点でほかのどんな理由も思いつかない。アンドリウスはそんなルチアを無言で見つめていたが、何一つ声をかけることなくシオンと話しはじめた。

「シオン、この度の不幸はおまえも無念だったろう。あのように優秀な者を失ったことは、まさに痛恨の極みだ」

「……有り難きお言葉、痛み入ります」

「おまえも大変だったな。急遽、サブナック家を継ぐことになり、多忙を極めていたと聞いている」

「はい、今はずいぶん落ち着いております」

「そうか。それならよかった」

「お心遣い、ありがとうございます」

アンドリウスからの労りの言葉に、シオンは簡潔ながらもそつなく返していた。

だが、ルチアは今の会話から、この一か月半でシオンが家督を継いでいたことを知り、複雑な感情が湧き上がる。彼はいずれ公爵領を出て王国騎士団に入るつもりだったのにと罪悪感でいっぱいだった。

——お父さま、どうしてシオンを呼んだの……？

多忙を極めていると知っているのに、どうして彼を呼びつけたりするのだろう。

アンドリウスがシオンをわざわざ屋敷に呼んだのは、弔意を表す以外の目的があるとしか思えなかった。

——どうか、気のせいであって……。

できることなら、このまま何事もなく話が終わってほしい。

祈る思いで二人を見ていると、アンドリウスは椅子から立ち上がってシオンに近づいていく。二人の距離が縮まるごとに、ルチアは自分の心臓の音が大きくなっていくのを感じていた。

「シオン、今日おまえを呼んだのは、折り入って頼みがあるからなのだ」

「……はい」

「なに、そこにいるルチアのことだ。聡いおまえなら、もう大体の予想はついているだろうがな」

「……」

「シオンよ、どうか頼まれてくれまいか。サブナック家の新たな当主として、ルチアをおまえの妻として娶(めと)ってほしいのだ」

ほとんど前置きもなく、アンドリウスはいきなり本題を切り出した。

唐突すぎて口を挟む余裕もなかったが、実際ここに呼ばれた段階でシオンもおおよその予想はしていたのかもしれない。アンドリウスが自分に頼み込む様子を、彼はただ静かに見つめていた。

けれど、ルチアはとても落ち着いてはいられない。

こんなこと、自分はまったく望んでいないのだ。

シオンだって、ラッセルを亡くしたばかりなのに、そう簡単に答えられる話ではないだろう。

——ここで黙っていては同じことが繰り返されてしまう……。

勇気を振り絞って声を上げようとしたとき、アンドリウスは畳みかけるように話し出した。

「私も、時期尚早ということはわかっているのだ。実の兄が亡くなったばかりで、おまえも心の整理がついていないだろう……。だが、私は娘が不憫でならないのだ。このままでは娘のもらい手は二度と現れないかもしれない。二人も婚約者が亡くなったことで、最近は『死神令嬢』などと揶揄する者もいる。本当は私が表立って庇ってやるべきだろうが、そうするとサミュエルやクロエの感情を逆なでしてしまう……。シオン、おまえも知っているとおり、ルチアは公爵家の中でも立場が弱い。情けないことに、私ではそんなルチアを救うことができない……。信頼する者に託すことしかできないのだ」

「アンドリウスさま……」

「シオン、どうか頼む。愚かな噂など一蹴してくれ。娘を、ルチアを幸せにしてやってくれ。私が望むのはただそれだけだ……」

一方、アンドリウスは、シオンの手を強く握って真剣な面持ちで訴えていた。

アンドリウスは、シオンの表情には変化が見られなかったが、途轍もない重圧がかかっていることは疑いようがなかった。

もちろん、これはルチアにとって決して悪い話ではない。

これまでアンドリウスとはまともに話したことがなく、ずっと怖い人だと思っていたから、こんなふうに自分を気にかけてくれていたことに内心驚いてはいる。

しかし、三年間で二人の婚約者を亡くした事実は消えず、ルチアはどうしても素直に受け止めることができなかった。

——初恋の人と結婚できると無邪気に喜べたなら、どれだけよかったことか……。

シオンにしてみれば、これは命令でしかない。

立場上、主君にここまで言われて誰が逆らえるだろう。

本心では拒絶したくとも、選択肢がない状況だというのは、ルチアでもわかることだった。

「……承知しました」

ややあって、シオンの低い声が広間に静かに響く。

その瞬間、ルチアの心臓はドクンと大きく跳ね上がり、大きな感情のうねりで涙が溢れそうになる。

このままでは、シオンまで死なせてしまう。

自分のせいで周りがどんどん不幸になっていく。

そう思ったら、これ以上黙っていることはできなかった。

「お父さま、私は彼とは結婚したくありません」

ルチアは必死で涙を堪え、背筋を伸ばして言い放った。

内心でとんでもないことを言っているとわかっていたが、それを表に出すわけにはいかなかった。

「……なに？」

シオンの返答に口元を緩めかけたアンドリウスだったが、ルチアの一言で眉をひそめる。

怒らせてしまった。

怖くて呼吸が乱れそうになったが、ここで引くことはできない。

「お父さまのお気持ちはとても嬉しく思っています。けれど、少々強引なのではないでしょうか」

「強引だと？」

「シオンさまのお父さまがここにいらっしゃらないことも気に掛かります。サブナック家の今の主人がシオンさまであるとしても、これまではこういった話のときに彼のお父さまも同席されていたはずです。それなのに、今回はどうしてお呼びしていないのでしょうか。今回ばかりは断られると思われたからでしょうか……？　シオンさまだけなら押し切れると、先に言質を取ろうとしたのではないかと私にはそう思えてならないのです」

「……ほう、つまり、セオドアを呼べと言うことか？」

口元を歪めた父の顔が怖くて仕方ない。

この公爵領で、父は王様みたいなものだ。

強い権力に誰も逆らうことができない。

こんな口を利いてただで済むとは思えなかったが、シオンを巻き込みたくないという一心だった。

「いえ、たとえセオドアさまを呼ばれたとしても……、私はシオンさまとだけは絶対に結婚したくありません……っ」

広間に響く自分の声がやけに遠く感じる。

自分から嫌われるようなことを言ってしまったと泣きたくなったが、今さら後戻りはできない。たとえ父に勘当されようと、ルチアはもう自分のことなどどうなってもいいと思っていた。

しばしの間、広間は重い沈黙に包まれていた。

思わぬ相手からの反撃にアンドリウスは氷のような眼差しを向けている。シオンもまた鋭い目つきでルチアを見つめていた。

ルチアは一人息を弾ませ、身体の底から冷えていくのを感じたが、せめてここにいる間だけは毅然としていようと思った。

「……ルチア、おまえは本当にイーリスとよく似ている」

少しして、アンドリウスの呟きがぽつりと耳に届く。

怒りをあらわにするでもなく、その表情は微かに笑っているようだった。

——お父さま……？

もしかして、自分の話を受け入れてくれたのだろうか。

突然母の名を出されて密かに動揺しながらも、ルチアは淡い期待を抱いた。

だが——、

「これほどおまえの幸せを考えてやっているのに何が不満だ？　おまえはただ私の言うことに大人しく従っていればいい」

「……ッ」

表情は笑みを浮かべていても、灰色の目は恐ろしく冷たい。

ルチアは、まるで聞く耳を持たない父の姿にがく然とする。

何事もなかったかのようにシオンに手を差し出し、強引に握手する様子に言葉もなかった。

「ルチア、シオンと散歩でもしてくるといい。先ほどの非礼についてもしっかり謝罪するのだぞ」

そう言うと、アンドリウスはシオンの肩を叩いて先に広間を出てしまう。

これ以上話すことはないと言わんばかりの後ろ姿に、もはや追いすがる気力すら湧いてこなかった。

「……ルチア」

シオンは扉の前に立つと、ルチアのほうを振り返る。

先に出るよう促され、ルチアは自分の無力さを痛感しながら、シオンと一緒に広間を出ていった。

それから二人は、一切言葉を交わすことなく玄関ホールへと向かう。

あまりの気まずさで優雅に散歩する心境ではなかったが、シオンはこのまま裏庭に行くつもりのようだ。

黙々と廊下を歩きながら、ルチアはさり気なく隣に視線を移す。

シオンは固く口を閉ざしてまっすぐ前を見つめていたが、表情の失せた横顔がとても怖い。

きっと怒っているのだろう。

ルチアは密かにため息を漏らして目を伏せる。

結婚を嫌がるということは、シオンのことを嫌だと言っていることと同義だ。そう思われるようなことを言ってしまったのだから弁解の余地もなかった。

ところが、

「――あ…ッ!?」

突然シオンに手を摑まれて、強い力で引っ張られた。

ルチアは足をよろめかせ、驚いて声を上げる。

しかし、シオンはさらにルチアを自分のほうに引き寄せると、すぐ近くの部屋に強引に連れ込んだ。

「な…、何を……っ」

「さっきのは、どういうつもりだ?」

シオンは部屋に足を踏み入れるや否や、すぐさまルチアの身体を壁に押し付け、間髪を容れずに問いかけてくる。

「……え?」

だが、ルチアのほうは何が起こったのかわからず、まともに反応できない。

部屋に連れ込まれたと思った次の瞬間、お互いの身体を密着させた状態で壁に背を押し付けられているのだ。息がかかりそうなほど至近距離に顔を寄せられ、動揺せずにはいられなかった。

「ルチア、なんで答えない」

「あ、あの……」

「兄上たちと婚約したときは大人しく受け入れていたくせに、なぜ俺とは結婚したくないと?」

「……っ、あれ…は……」

感情的な眼差しに、ルチアはびくんと肩を揺らす。

やはり彼は怒っていたのだ。これまでは従順だったのに、シオンとの結婚話が出るや否や、『シオンさまとだけは絶対に結婚したくありません』などと、暴言とも取れる拒絶をしたのだから当然だった。

――だけど、今さら取り消したりしないわ……。

このままでは、シオンに嫌われてしまう。たわいない会話も二度とできなくなるだろう。そうだとしても、と、ルチアはぐっと感情を抑えて小さく頷いた。

「そうです。あなたとだけは結婚したくありません」

「……ッ」

途端に、シオンは顔を強ばらせて唇を嚙みしめる。

翡翠色の鋭い眼光に射貫かれて身動きが取れない。

ルチアが息を震わせていると、彼はさらに顔を近づけて低く囁いた。

「それは、おまえの本心か？」

「……そ…、そ…うです……」

これで、彼とは終わりだ。

胸が痛くて仕方なかったが、ほかに方法が見つからなかった。

シオンが結婚に後ろ向きになれば、アンドリウスも強引に話を進められなくなるかもしれない。

もちろん、アンドリウスの命令に背くのは容易ではないだろう。

しかし、サブナック家はすでに二人も跡継ぎを失っているのだ。

今ならまだ間に合う。シオンの父セオドアは当主を退きはしたが、今も政治的な影響力は残っているはずだ。本人同士が結婚を望んでいないとなれば、セオドアもこれまでのように黙っているとは限らなかった。

「……逃げるのか……？」

「え？」

不意に、シオンが何かを呟く。

けれど、とても小さな声でほとんど聞き取れなかった。

ルチアが首を傾げると、彼はいきなり腰に手を回してくる。

「ん……っ」

思わず変な声が出てしまい、慌てて距離を取ろうとするが、後ろは壁で逃れられない。

シオンはそんな戸惑いをよそに無言で歩き出す。

その行動はあまりに唐突で、ルチアはあっという間に部屋の中ほどに置かれたソファに押し倒されてしまっていた。

「な、何をするの……っ」

「だったら試してやる」

「え……」

「それが本当におまえの本心なのか……。俺が嫌なら、抵抗でもなんでもすればいい。大声で叫べば誰かしら助けに来てくれるはずだ。おまえの本心とやらを俺に見せてみろ。徹底的に抵抗してみせればいい」

「シオ…ン、――あぅ……ッ!?」

彼が何を言っているのか、よくわからない。

身体中を弄る大きな手の感触と首筋にかかる熱い吐息に、ルチアは混乱しながら身を捩る。のしかかる身体の重みに、ただただ動揺していた。

だが、身を捩った途端、シオンはルチアの胸を鷲摑みにする。

身体をびくつかせた瞬間、今度は強引に口づけられて、僅かに開いた唇の間から舌を捻じ込まれた。

「――…んっ、んぅ、うー…ッ」

ルチアはくぐもった声で呻くことしかできない。

その間も、彼は服の上から乳房を揉みしだき、角度を変えて何度も激しく口づけてくる。

熱い、苦しい。

一体、何が起こっているの……?

シオンはどうしてこんなことをするの……?

ルチアは動転して抵抗らしい抵抗もできず、部屋には微かな衣擦れの音とくぐもった声が響き渡っていた。

そんなルチアを彼は観察するような目で見つめている。

お願いだから、そんな目で見ないでほしい。

心の中まで覗かれては困るのだ。

本心なんて見せられるわけがないだろう。

気持ちに蓋をするだけで精一杯なのに、これ以上どうやって偽ればいいのか、ルチアにはわからなかった。

「っは、はぁっ、あっ、痛……ッ」

やがて唇が離れてなんとか息ができるようになったが、間を空けて首筋にちくんと痛みが走る。

見れば、シオンがルチアの首筋に顔を埋めて、肌に赤い痕をつけていた。

――どうしてそんなことをするの……？

シオンは首筋についた鬱血の痕に目を細めると、その部分を舌先で執拗になぞり出す。

ふと、ルチアに視線を移して浅く笑ってみせるが、僅かに潤んだ彼のその瞳は凄絶なほど艶めかしい。こんなことをされているのに、ルチアはまるで抵抗できずに彼に目が釘付けになっていた。

「……ルチア」

「ん、あ……っ」

ややあって、間近に顔が近づき、ぺろりと唇を舐められる。

ルチアが小さな声を上げると、シオンは指先で頬や唇、顎先をなぞり、低く湿った声で囁いた。

「決めたぞ。俺はおまえと絶対に結婚してみせる。逃げても無駄だ。どこまでも追いかけて捕まえてやる」

「シオ…ン……」

「この首の痕が、俺との契約の証だ」

そう言って、シオンは首筋の赤い痕を指で軽く突く。

ルチアは思わず背筋を震わせたが、頭が真っ白になって言葉が出てこない。

仄暗い笑みを浮かべるシオンの顔は得も言われぬ妖しさをたたえていて、怖いと思う以上に目が離せなかったのだ。

彼はそれ以上何もすることなく、ルチアから離れて部屋を出ていってしまう。

扉の閉まる音が聞こえても、しんと静まり返った部屋に一人きりになっても、ルチアはなかなか起き上がることができなかった。

——首が…、熱い……。

シオンが触れた場所から熱が広がっていく。

背中、脇腹、乳房…、頬に顎に唇——。

「……お願い、やめて」

これでは忘れられなくなってしまう。

嫌ってくれなければ困るのに、心も身体も言うことを聞いてくれない。

全身にじわじわと広がる熱にくじけそうで、ルチアは自分の意志の弱さが心底情けなかった。

第四章

——これから、どうすればいいの……。

ルチアは一人残された部屋を出たあと、人目を忍ぶようにして自室に戻っていた。

頭の中がぐちゃぐちゃになって、まともに思考が働かない。

窓から西日が差し込む時刻になっても日中の出来事ばかり思い出して、ルチアは窓際でため息ばかりついていた。

「ルチア、一体どういうつもりなのッ!?」

「……っ」

そのとき、乱暴に扉が開けられ、クロエが血相を変えて入ってきた。

ノックをしないのはいつものことだが、ラッセルが亡くなって以降、彼女が部屋に来たことは一度もない。同じ屋敷に住んでいるのに、こうしてまともに顔を合わせたのは一か月半ぶりだった。

「クロエお義姉さま、どうされたのですか……？」

「とぼけないで！　私が聞いているのよっ！」

「ご…、ごめんなさい」

クロエの癇癪が怖くて、ルチアはすぐに謝ってしまう。

けれど、彼女が何に怒っているのかわからなかったから、自分で原因を探すしかなかった。

「今回ばかりは本当に呆れてものも言えないわ……。ルチア、あなた自分が周りからどう噂されてるか知ってるわよね？　使用人からも避けられているようだし、知らないとは言わせないわ」

「あ、あの……」

もしかして、『死神令嬢』と言われていることだろうか。

しどろもどろになりつつも、ルチアがぎこちなく頷くと、クロエは右の眉をぴくつかせて怒りをあらわにした。

「だったら、どうしてシオンと結婚するなんて話になっているのよ！」

「そっ、それは……っ」

「まさか、シオンまで呪い殺すつもりなの？　リチャードもラッセルもあなたのせいで死んだのに、まだ足りないって言うの……っ!?　いい加減にしてよ、なんで断らなかったのよ……ッ」

「……っ」

殺すつもりなんてあるわけがない。

断ることができたなら、そうしていた。

アンドリウスに勘当される覚悟で抵抗したのに、聞き入れてもらえなかったのだ。

反論の言葉が出そうになったが、ルチアはすんでのところで押しとどめる。結局のところ、自分には何もできなかったのだから、黙って受け止めるしかなかった。

だが、周りから『死神令嬢』と噂されていることは知っていても、面と向かって言われたことはない。

彼女の一言一言がナイフのような鋭さでルチアの心を激しく抉っていた。

「……ごめんなさ……い……」

ルチアは声を震わせて謝罪する。

クロエは目に涙を浮かべ、悔しそうに唇を噛みしめた。

「あなた、私がシオンを気に入ってるって知ってるんでしょう？　だから嫌がらせをしようとして、お父さまに取り入ったのね」

「え……」

「さすが愛人の娘、奪うのが上手ね！　あなたの母親だって、私のお母さまからお父さまを奪ったんだもの……っ！」

ここでどうして母が出てくるのだろう……。

そう思ったが、母が愛人という立場だったのは紛れもない事実だ。

どんなに理不尽な目に遭っても、ルチアは反論が許される立場にはなかった。

「お父さまがあなたの母親と浮気している間、私のお母さまはどうしていたと思う？　不満を口にするでもなく、ただひたすら尽くし続けて、何年もずっと我慢していたのよ……。だけど、我慢したって、いいことなんて一つもなかったわ。私が五歳のときに病に冒されて死んでしまったんだから……っ」

「ご…、ごめ…な……」

「ねぇ、どうしてお父さまはあなたを引き取ったの？　あなたが来てから平穏だった日常が壊れてしまったわ。どうして私まで我慢しなくてはいけないのよっ⁉」

「きゃあ……っ⁉」

ルチアはクロエに肩を押されて床に倒れ込んでしまう。

強かに床に身体を打ちつけ痛みが走ったが、小さく震えることしかできない。

クロエも限界だったのだろう。綺麗な顔をぐしゃぐしゃにすると、彼女も床に座り込んで泣き出してしまった。

「こんなのってないわ……っ。私、あと少しで好きでもない相手と結婚しなきゃいけないのよ。二十歳以上も年上で、結婚は三回目で……。おまけに、とんでもない女好き……。だけど、相手は王様だから……、小さな国でも、政治的に重要な場所だから絶対に断れないって……。人の気も知らないで、これ以上私の心をかき乱さないでよ……ッ！」

感情的に責め立てられ、ルチアは身を固くする。

もう謝罪すら言えなくなり、部屋にはクロエの嗚咽が響き続けていた。

「――クロエ、そんなところで何をしてるんだい？」

すると、不意に扉のほうから声がかかる。

振り向くと、開きっ放しの扉の前にオセが立っていた。

廊下には使用人の姿が見える。オセは騒ぎを聞きつけて、ルチアの部屋に来てくれたようだった。

「クロエ、またルチアに理不尽なことを言っていたんじゃ……――」

「私は悪くないわ！　どうしてオセは、いつもルチアの肩ばかり持つの……ッ!?」

「……私は誰の味方もしていないよ」

「嘘……っ」

「嘘じゃないよ。私は、クロエのことをかわいいと思っているよ。ほら、いい子だから、そんなところに座り込んでないで、しっかり立って自分の部屋に戻ろう。今日は特別にクロエの部屋までついていってあげるから……」

「ほ、ほんとう？」

「本当だよ。だから、もう泣くんじゃないよ」

「……ん」

オセはどこかから話を聞いていたのだろう。クロエを優しく宥めることで、感情を逆なでしないよう細心の注意を払っていた。

クロエのほうも、素直に立ち上がって部屋を出ていこうとしている。

ぽんぽんと背中を撫でられ、オセと部屋を出ていく彼女の後ろ姿は親に甘える幼子のようでもあった。

――クロエお義姉さま、あんなに取り乱していたのに……。

彼女が生まれたときから知っているとはいえ、さすがとしか言いようがない。

けれど、ルチアは彼女の泣き顔を見たのははじめてだったから、部屋からいなくなっても胸がずきずきと痛んで仕方なかった。

クロエにとって、シオンはそんなに特別だったのか……。

そうでなければ、気の強い彼女があんなふうに泣きじゃくったりしないだろう。

ルチアは、自分がここに来たことを今日ほど後悔したことはなかった。

「……ルチア、まだそんなところにいたんだね」

それから、どれだけ経った頃だろう。

しばらくして、扉のほうから掠れた声が聞こえた。

顔を上げると、先ほどと同じようにオセが扉の前に立って、静かな眼差しでルチアを見つめていた。

「オセ先生？　どうしてここに……」

ルチアは小さく首を傾げる。

クロエの部屋までついていくと言っていたから、今日はもうここには来ないと思っていた。

「どうしてって、私はルチアの治療に来たのだから帰るわけがないだろう？　クロエはちゃんと部屋まで送ったよ。少しごねられて、今度一緒にティータイムを過ごす約束をさせられたけどね」

オセはそう言って、廊下にいた使用人に笑みを向けてから扉を閉める。

いろいろありすぎて、ルチアは扉が開いた状態だったことや使用人が廊下で様子を窺っていたことも気づいていなかった。

「ルチア、立ち上がれるかい？」

「……あ…、は…い」

ルチアの傍まで来ると、オセは床に膝をついてそっと手を差し出してくる。

クロエに突き飛ばされて床に倒れ込んでから、ずっと立ち上がることもできずにいたから心配させてしまったのだろう。オセはルチアを立たせたあと、やや乱れた服を丁寧に直してベッドに連れて行ってくれた。

「災難だったね」

ルチアがベッドの端に腰掛けたところで、オセは困ったような顔で微笑んだ。

だが、今回ばかりはそんなふうに思えず、ルチアは唇を噛みしめてふるふると首を横に振った。

――こうなったのは、私のせいだもの……。

クロエだって、平穏に暮らしていたかったはずだ。

そうできなくなったのは、自分がここに来てしまったからだ。

私はここにいるべきじゃない。

本当ははじめからここに来るべきではなかった。

あの日、公爵家の屋敷に向かう途中で馬車を降りたのは、行きたくないと思っていたからなのに、どうしてその意志を貫かなかったのだろう。

あのまま行方を眩ましてしまえばよかった。

そうすれば、自分のせいで皆が嫌な思いをすることもなかったのだ。

「オセ先生…っ、公爵家を出るにはどうすればいいのでしょうか？」

「ルチア、何を言い出すんだ」

「お願いです、教えてくださいっ！　私はもうここにはいられません。これ以上、誰かを死なせる前にここを出たいんです……ッ！　私のせいで不幸な人が増えるのは、もうたくさんです……っ」

ルチアはオセに頭を下げて必死で懇願した。

こんなことを言われても困るだろうが、ほかに頼める人がいない。

何かいい方法があれば、ヒントをくれるだけで十分だ。ルチアはオセを巻き込もうと思っているわけではなかった。

「……ルチア、まだあの噂を気にしているのかい？　まったく酷い話だ。君が呪われているだなんて、誰があんなことを言い出したんだろうね」

「いいえっ、あの噂は自然と広がったものです。多くの人がそう思ったから、噂になってしまっただけです。きっと、私に原因があるんです。だから、私はここにいてはいけないんです……っ」

「ルチア、あれはただの噂だ。そんなふうに自分を貶(おとし)めるものじゃない」

「いいえ、いいえ……っ！」

何を言われてもルチアは首を横に振り続けた。

さまざまなことが重なりすぎて、そうとしか考えられなくなっていた。

慰(なぐさ)めがほしくてこんなことを言っているわけではないのだ。

皆の噂はきっかけに過ぎない。公爵家にふさわしくない身でありながら、居座り続けたからこうなってしまった。ルチアは自責の念に駆られながら、ドレスを皺になるほど握りしめていた。

「……ルチア……」

そんなルチアに、オセは心底困っている様子だ。

今までこれほど感情的になったことがなかったから、下手に否定しては逆効果と思ったのだろう。オセはしばし天井を仰いで何か考える素振りをしたあと、ルチアの手を自身の手でやんわりと包み込もうとした。

「だ、だめです……ッ！」

けれど、ルチアは慌てて手を引っ込めてしまう。

自分に近づけば何が起こるかわからないと思ったら、咄嗟にオセを拒絶していた。

「ルチア……？」

「あ…、ご、ごめんなさい。でも、治療のとき以外は私に触れるのはやめてください。オセ先生が不幸になるのは嫌なんです……」

本当は治療もやめてほしいが、それはだめだとオセが言うから続けているだけだ。

リチャードとラッセルが死んだのはルチアと婚約したからだと思っていたが、実際はそれだけではないかもしれない。小鳥たちの亡き骸を目の当たりにして、ルチアは自分に近づくこと自体が問題なのではないかと思うようになっていた。

「……困ったな」

オセは行き場のない自分の手を見ながらぽつりと呟く。

しばしそのまま黙り込んでいたが、やがて彼は何かを納得した様子で頷いた。

「確かに、今までどおり君がここで過ごすのは難しいのかもしれないね……。精神的にもよくないし、このままでは体調まで悪化してしまう。私にできることがあれば協力してやりたいが……」

「せっ、先生、それは本当ですか……？」

「あぁ、少し考えてみたんだが、こういうのはどうだろう？　ひとまず療養目的で何日か屋敷を離れてみるんだ。それで様子を見て、気持ちが落ち着いたら屋敷に戻ってくればいい。アンドリウスさまには私から打診してみよう。きっと、それくらいならお許しいただけると思うよ」

「……それは……」

オセの提案に、ルチアは思わずうな垂れてしまう。

協力の姿勢を見せてくれただけで感謝すべきところだが、それでは結局屋敷に戻らなければならない。ルチアはそんな生半可な気持ちで公爵家を出たいと言ったわけではなかった。

――そもそもこんなこと、誰かに協力を仰ぐ問題ではなかったのだわ……。

もしも父にばれたら、たとえオセでも立場を悪くしてしまうだろう。

それくらい自分でも想像できることなのに、勝手に期待するほうがどうかしている。

ならば、どうしたらいいのだろう。

自分一人でなんとかできるものなのだろうか。

考えを巡らせてもすぐには思いつかない。こっそり抜け出すにしても、昼夜を問わず衛兵たちが屋敷中を巡回している中でどんな手を使えばいいのか見当もつかなかった。

「あの…、オセ先生。私、もう一度考え直してみます」

ひとまず、この話は終わりにしよう。

ルチアは無理やり笑みを作って、ぱっと顔を上げた。

「――…ッ」

だが、その直後、ルチアは肩をびくつかせる。

どういうわけか、オセが至近距離に顔を寄せていたからだ。

「ルチア、それはどうしたんだい？」

「……え」

「首のところ」

「首？」

「そう、右側の……。赤くなっているように見えるが」

「……っ」

オセに首筋を指差されてルチアはハッと息を呑む。

そこは、シオンが痕をつけたところだ。

まさかまだ痕が残っているとは思わず、ルチアはさっと首に手を当てて赤くなった場所を隠した。

「そ、その…、さっき床に倒れたときにぶつけたのかもしれません」

「……床？　あぁ……」

「えぇ、ほかには思い当たらないので……」

ルチアは必要以上にこくこく頷いてみせる。

足や手をぶつけるならまだしも、首をぶつけるなんて変だと思うが、絶対にないとは言い切れないだろう。

そもそも、オセはルチアがシオンと部屋で二人きりになったことも知らないのだから、赤い痕があるからといって妙な疑いを持つわけがなかった。

――大丈夫……よね……。

オセを見ると、彼は「そうだね……」と黙り込んでしまう。

それからまたしばらく沈黙が続き、部屋は水を打ったようになったが、オセは不意に何かを思いついた様子で顔を上げた。

「そうだ。ルチア、私の屋敷に来るかい？」

「え？」

「君は、何日か屋敷を離れるだけでは聞き入れてくれそうにないからね」

「そ、それはその……っ」

「別に気を遣わなくていいんだよ。嫌だというなら、ちゃんと意思表示をしてもらったほうがいいこともある。……そうだね、それがいい。私の屋敷なら、君一人匿ってあげることもできるだろう。それなりに広いから部屋はたくさん余っているし、使用人も最低限の人数しかいない。きっと、ゆっくりできるはずだよ」

「オセ先生の屋敷に……」

「もちろん、無理に公爵家に戻すつもりはないよ。私の屋敷でしばらく過ごしてみて、それでもルチアがどうしても公爵家に戻りたくないと思うなら……、そのときは知り合いのシスターに、君のことを頼んでみよう」

「え……ッ」

思わぬ申し出に、ルチアは驚きを隠せなかった。

オセを見ると、これまでになく優しい顔をしている。

とても嘘をついている表情には見えなかった。

――オセ先生は冗談でこんなことを言う人ではないわ……。

そこまでしてもらってはオセに迷惑がかかると思ったが、これ以上ない話だと飛びつきたくなってしまう。彼ならば誰にも気づかれないようにルチアを屋敷から連れ出すことも難しくはないのかもしれなかった。

「ルチア、どうする？　私のところに来るかい？」

「……は、はいっ」

ルチアは一も二もなく頷いた。

誰にもばれなければ、オセが咎められることはないはずだ。

自分がいなくなったところで、アンドリウスがそこまで気にするとも思えない。

世間には愛人の娘が失踪(しっそう)したと、一時そんな噂が流れるだけだろう。何よりも、それでシオンを守れることのほうが遥かに重要だった。

決行は、今日の夜半過ぎ――。

心の準備ができるほどの時間はなかったが、そんなものがあったところで無駄に緊張して怪しまれるだけだ。ルチアはこれを逃せば次はないという気持ちで、オセに行く末を委ねることにしたのだった。

——窓の外を見れば、大きな月がぽっかり浮かんでいる。

公爵家の屋敷では頻繁に夜会が開かれ、朝方まで賑やかなことも多い。

しかし、今夜は珍しくなんの催しもなく、屋敷の中はとても静かだ。

オセが今日いきなり決行としたのは、そのあたりを考えてのことだったようだ。ルチアと話している間にそこまで考えていたとは、オセの頭の回転の速さに感心するばかりだった。

「……まだ十一時なのね」

ルチアは窓辺から部屋の柱時計を見てため息をつく。

待っている時間ほど長く感じるものはない。

オセとは深夜一時頃に裏門で落ち合う予定だから、あと二時間も待たねばならないのだ。

当然ながら、夕食はとうに済ませて、寝衣にも着替えている。

万が一、誰かに見つかっても怪しまれないように寝衣姿でいたほうがいいとオセに言われたから、このまま出ていくつもりだった。

――なんだか落ち着かないわ……。

もう一度柱時計を見るが、さっき時計を見てからまだ五分も経っていない。

いつもなら寝ている時間なのにまったく眠くならず、ルチアは部屋の中をうろうろと歩き回ってしまう。

「少し早いけれど、外で待っていようかしら。オセ先生が来るまで、門の内側の茂みにでも隠れていればいいのだし……」

ルチアはぴたりと足を止め、考えを巡らせる。

少しどころか、早すぎるくらいだが、遅れたらと思うとそわそわしてじっとしていられない。

耳を澄ましても、時折フクロウの鳴き声が外から聞こえてくるだけで、人の声はまったくしない。時間的に使用人も寝静まった頃だろうから、気をつけなければならないとすれば巡回の兵士くらいだろう。

「……行こう」

ルチアは意を決して扉を開けると、廊下に足を踏み出した。

辺りを見回しても、人の気配は感じない。

水を打ったような静けさの中、ルチアはそろそろと廊下を進み、足音を立てないように階段へと向かう。

屋敷の中は真っ暗で、廊下の窓から注ぐ僅かな月明かりだけが頼りだ。

ルチアは足を踏み外さないよう慎重に一階まで降りると、一呼吸置いてから客間のほうへと歩を進める。

その先に直接裏庭に出られる勝手口があり、そこからのほうが待ち合わせの裏門にも近いのだ。日中に使用人が自分の部屋を掃除しているときも、ルチアはいつもその扉を使って裏庭に出ていた。

だが、扉まであと少しのところで、

――コツ、コツ……。

不意に足音が聞こえ、ルチアはハッと息を詰める。

ぼんやりとした月明かりに目を凝らすと、廊下の向こうに人影が見えて思わず身体が強ばった。

――こんな時間にまだ起きている人がいたなんて……っ。

しかも、その人影はルチアのほうへと向かってきている。

徐々に近づく足音に焦って、ルチアは慌てて来た道を戻ろうとした。

「あ…っ!?」

けれど、動揺しすぎて思ったようには動けない。

足がもつれて、盛大に転んでしまった。

日中ならまだしも、今夜はいつになく屋敷が静かだ。

少しの音でも大きく響くというのに、微かな悲鳴と転倒した音となれば誤魔化しようがなかった。

――どうしよう。なんとかしないと……。

ルチアはぐるぐると頭を巡らせる。

衛兵だったら、眠れなくて屋敷を散歩していたと言えばいい。

こんなときのために寝衣のままで出てきたのだ。慌てず焦らず、オセに言われたとおりにすれば切り抜けられるはずだった。

「……ルチア？」

「――…ッ」

その直後、人影がぽつりと自分の名を呟いた。

よく通る低い声に、ルチアは息を震わせる。

一旦止まった足音が再びこちらに近づき、すぐ傍で動きが止まった。

おそるおそる顔を上げると、シオンが不思議そうにルチアを見下ろしていた。

――どうしてシオンがここにいるの……ッ!?

ルチアは目を見開き、口をぱくつかせる。

声も出せないほど動転していたが、ルチアは咄嗟に立ち上がってじりじりと後ずさっていく。相手が誰であろうと誤魔化せばよかったものを、シオンを見た途端、頭が真っ白になって、とにかく逃げなければという一心で廊下を駆け出していた。

「はっ、はあっ、はあっ」

いきなり逃げれば、怪しまれて当然だ。

シオンはルチアの行動を不審に思ったようで、すぐさま追いかけてくる。

普段運動をしていない自分と、何年も騎士として鍛練してきた彼とでは瞬発力からして比べものにならない。みるみる距離が縮まって、呆気ないほど簡単に腕を掴まれてしまった。

「や……ぁ……ッ」

しかし、強く引っ張られたことで、ルチアの身体は後ろに倒れそうになる。

このままでは転倒しかねない状態だったが、シオンほどの人がそんなことを予見できないわけがない。ルチアの身体は彼に抱き留められ、気づいたときには逞しい腕の中に閉じこめられていた。

「ルチア、なんで逃げるんだ」

「お願い、許してください」

「何を言って……」

「どうか見逃して……っ！」

ルチアはシオンの腕の中で必死にもがく。

逃げたはずが、どうして彼の腕に閉じこめられているのかわからない。

けれど、そんなルチアの言動に、聡い彼は何かしら勘づいたのだろう。後ろからルチアを掻き抱くと、耳元で低く問いかけてきた。

「俺から、逃げようとしていたのか？」

「……ッ」

彼の囁きに、ルチアは思わず肩をびくつかせてしまう。

「……なるほど」

「あ……っ」

シオンはその反応に深く息をつくと、再びルチアの腕を摑んで歩き出した。

突然の行動にルチアは虚を衝かれたが、そこでぐっと声を押し殺す。

もしもほかの誰かにまで屋敷を抜け出そうとしたことがばれたら、大騒ぎになってしまうかもしれない。誰にも見つかるわけにはいかないという考えに陥(おちい)って、シオンに引っ張られるがままに廊下を進んでいた。

彼の足取りに迷いはなく、なぜか客間のほうへと進んでいく。

この辺りは貴族たちが泊まるときのための客室がいくつもある。

不意に立ち止まり、おもむろにシオンが扉を開けて足を踏み入れたのは、その中の一室だった。

――どうしてこんなところに……。

ルチアは緊張気味に部屋を見回す。

部屋の中央には燭台(しょくだい)の置かれたテーブルがあり、蝋燭(ろうそく)に灯った炎がぼんやりと辺りを照らしている。

人が居た形跡があるのに、見たところ誰もいない。

眉根を寄せていると、シオンは襟元を緩めながら答えた。

「おまえと別れたあと、アンドリウスさまに引き止められて屋敷に泊まることになったんだ。だから、俺はずっとここにいたんだよ」

「お父さまに引き止められて……？」

「あぁ、俺の気が変わるとでも思ったんだろう。おまえの言っていたように、今度ばかりは俺の父親が反対するかもしれないからな。実際、父上は今回屋敷に呼ばれていない。この手の話が三回目ともなれば、俺もなんのために呼ばれたのか予想はしていた」

「そんな、わかっていたならどうして……っ」

どうしてシオンは一人で来てしまったのか……。

立場的に来るしかなかったにしても、アンドリウスが屋敷に引き止めるなんてはじめてのことだ。それだけでも、強引に話を押し切ろうとしているのは想像に難くなかった。

「俺が今日、父上と一緒だったとしても結果は変わらない。アンドリウスさまはご自分の考えを決して曲げないお方だ」

「それは……」

「この話はここまでだ。俺はこんな議論をするためにおまえをここに連れてきたわけじゃない」

シオンはそう言うと、ルチアの手を摑んだままベッドへと向かう。

――ど、どういうこと……？

　ベッドの傍まで来ると、強引に座らされる。

窺うようにシオンを見上げた直後、彼はゆっくりと顔を近づけ、ルチアにのしかかろうとしてくる。ルチアは昼間にソファに押し倒されたことが頭を過り、咄嗟に彼の胸を押して枕の傍まで逃げていた。

「さっ、触らないでくださいっ！　あなたに何かあったらどうするんですか……ッ!?」

「……は？」

「もう嫌なんです……ッ。自分のせいで人が傷つくなんて堪えられません。どうか、これ以上は許してください……っ」

　ルチアは身を固くして何度も首を横に振った。

　シオンまで呪い殺されてしまったらと思うと震えが止まらない。

　恐ろしいことが起こらないように屋敷を出るつもりだったのに、よりによってシオンに見つかってしまうだなんてあまりにもタイミングが悪かった。

「……おまえ、まさか例の噂を信じているんじゃないだろうな」

「信じるも何も、ほかに説明がつかないじゃないですか……っ」

「それ、本気で言ってるのか……？」

「冗談でこんなこと言えると思いますか？　シオンだって、おかしいと思っているんでしょう？　あなたのお兄さまは二人とも同じような亡くなり方をしたんです。私のせいでそんなことになってしまったに違いありません……っ」

　誰かを呪い殺そうなんて考えたこともないけれど、リチャードもラッセルも亡くなってしまったことは事実だ。

　自分と深く関わろうとすると不幸が訪れる。

　ルチアはもはやそうとしか考えていなかった。

「……つまり、どういうことだよ。俺とは絶対に結婚したくないって言ったのは、そんな理由だったってことか？」

　だが、シオンの反応は驚くほど鈍い。

　彼も噂は耳にしているようなのに、どうしてそんなに平然としていられるのか理解できなかった。

「そっ、そんな理由って……」

「はー…、勘弁してくれ。なんて紛らわしい……」

　シオンは大きく息をつくと、煩わしそうに前髪を掻き上げる。

　その呆れた表情からは、先ほどまでの硬い雰囲気は感じられない。

　彼はおもむろにベッドに手をつき、ルチアに顔を近づけると、心を見透かすような目で囁いた。

「呪われていると思うのはおまえの勝手な想像だ。それで俺から離れようなんて、あまりに一方的じゃないか？」

「これは想像なんかじゃ……っ」

「だったら、ルチアは兄上たちを呪っていたっていうのかよ」

「ちっ、違います……ッ！　そんな恐ろしいことを思うわけが……っ」

「じゃあ、やっぱりただの想像じゃないか。おまえは周りの言うことに流されているだけだ」

「そんな……ことは……」

ただの想像？　私が流されている？

そんなことはないと思うのに、シオンの言葉を否定しきれない。

呪いなんて目に見えないものだ。証明することなどできるわけがないし、想像と言われればそれまでだった。

「ルチア、おまえ俺に嫌われようとして、わざとアンドリウスさまの前で俺と結婚したくないって言ったのか？」

「え……」

「兄上たちと婚約させられたときは大人しかったのに、俺のときだけ拒絶したのはそういうことなのか？」

「……それ……は……」

「どうなんだ、ルチア」

本当に心の中を見透かされているようだ。

どうして声に出していないのに、そこまでわかるのだろう。

シオンの視線に堪えられなくなり、ルチアは思わず目を伏せる。それでも見られているのがわかって、息が震えてしまう。

ルチアが答えるのを待っているのか、彼のほうは押し黙ったままだ。

ほんの少しの沈黙すら苦しくなって、ルチアは観念して口を開いた。

「ごめん…なさい……」

「それはなんの謝罪だ?」

「シオンに酷いことを言ってしまったから……」

「絶対に結婚したくないって?」

「……ごめんなさい」

「それを謝罪するってことは、ルチアは別に俺を嫌ってるわけじゃないってことだよな。だから、昼に部屋で押し倒したときも抵抗らしい抵抗をしなかった。そうだろう?」

「あ、あれは……」

ルチアはしどろもどろに答えることしかできない。

昼に押し倒されたときも観察するような目で見られていたが、あれはルチアの気持ちを探っていたのだろう。シオンの言うように、ルチアは抵抗するどころか、ほとんど彼のなすがままになっていた。

――だって、シオンに本気で抵抗するなんてできないわ……。

嫌でもないのに、そんなことできるわけがないだろう。

あんなところで大声を出して人を呼べば、シオンの立場が悪くなってしまう。

ルチアには、アンドリウスの前で威勢のいいことを言うだけで精一杯だったのだ。

「……ルチア、もう俺から逃げるな」

間近で囁かれて、ルチアの心臓は大きく跳ね上がる。

できることなら、自分だってそうしたい。

けれど、そんなふうにまっすぐ突き進むことに強い躊躇いを感じてしまう。ルチアは何よりも自分自身を信用することができないでいた。

「そ…、それは約束できません。シオンが死ぬのだけは嫌なんです……」

「だからそれはただの想像だと言ってるだろう？」

「シオンがそう言っても、私はそうだと思えないんです……っ！　今だって、こんなに近づいたらどうなるのかと怖くて……。あなたのお兄さまたちだけじゃない……。部屋に遊びに来ていた小鳥たちも……っ」

「小鳥？」

「そうです。私の部屋に、小鳥たちがいつもパンを食べに来ていたんです。最近見かけないと思ったら、裏庭で皆死んでいたんです」

「それは…、偶然だろう……」

「本当にそう思いますか？　シオンだって、変だと思っているはずです。私の周りだけ、不幸が渦巻いているって……っ！」

「馬鹿を言うな！」

私の周りだけ何かがおかしい。

これでは、皆が『死神令嬢』と噂するのも無理はない。

涙声で訴えると、突然シオンに抱きしめられる。

ルチアは首を横に振り、彼の胸を必死で押し返そうとするが、一層強く抱きすくめられてしまった。

「や…、放し…て……っ」

「誰がおまえを変だと言ったんだ？　俺の気持ちまで勝手に想像しないでくれ」

「……ッ、ご、ごめんなさい。でも、シオンが死ぬのは嫌…、それだけは絶対に嫌なんです……ッ」

「だったら、俺が証明してやる……。おまえが呪われてないってこと、手っ取り早くこの場で証明してやるよ」

「え…？」

シオンは耳元で囁くと、ルチアの腰に手を回す。

同時に強く引き寄せられて、すぐさまのしかかられた。

抵抗しようとしたが、いとも容易く押し倒されて、大きな手で背中や腰、脇腹を弄られてしまう。寝衣越しでも手のひらの感触が伝わり、シオンは忙しない動きで腹部に触ると、ルチアの唇に自分の唇を強引に押し付けてきた。

「う……ン……ッ」

「もっと近づけば、俺が死ぬかどうか、すぐにわかる」

「……ッ、や……ッ」

ルチアはくぐもった声を漏らしながら、彼の胸を押し返そうとした。

嫌だ、シオンまで死んでしまう。こんなに近づいたら大変なことになってしまう。

しかし、いくら押しても彼の身体はびくともしない。

それどころか、腹部を触っていた手は徐々に上に移動している。乳房を包み込むように揉まれ、ルチアはびくんと肩を揺らして顔を背けた。

「……んっ、あ、やめ……っ」

「ルチア、俺はおまえと結婚すると言ったはずだ。誰がなんと言おうと、俺がそう決めたんだ」

「どうしてそんな……」

「呪いがなんだ。そんなもので俺から逃げられると思うなよ」

「……あ……ぅ……」

シオンは翡翠色の瞳に獰猛（どうもう）な光を宿し、ルチアを強く掻き抱く。

耳たぶを甘噛みされ、熱い息がかかって力が抜けそうになったところで、もう一度口づけられる。僅かに開いた唇の隙間から舌を入れられ、その舌先で歯列や上顎を擦られてから舌を捕らえられた。

互いの舌が擦れ合うたびにくちゅくちゅと淫らな音が響き、羞恥心を煽られたが、ルチアはもう力も出ない。

だめだと思うのに、抗えない。

強い力で抱きしめられただけで、涙が出そうになってしまう。

彼のことが、ずっと好きだったのだ。

はじめて会った日から、シオンだけが特別だった。

シオンにとっては、ルチアは特別な相手ではないかもしれないが、周囲の噂をものともしない強さに心が激しく揺さぶられた。

――シオン、シオン、シオン……。

堰を切ったように想いが溢れ出して、ルチアの目から涙が零れ落ちていく。

息もできない口づけに眩暈を覚え、彼の服をぎゅうっと握りしめる。

「ルチア、これでもまだ呪われてると言うのか……？」

「ふ…ぁ……」

「それとも、もっと近づいてほしいか？」

「や……ッ」

ルチアは、欠片ほどになった理性で小さく首を横に振った。

けれど、自分の手は彼の服を強く握ったまま放そうとしない。

シオンはそれを見て苦笑いを浮かべる。

もしかすると、彼は返答次第では、途中でやめるつもりでいたのだろうか。深く息をつくと、何か吹っ切れた様子で掠れた声で囁いた。

「なら、覚悟しろよ」

「ふ…あぁっ」

シオンはいきなりルチアのお尻を弄り、性急な動きで太股へと手を伸ばす。

寝衣はとても薄いシルク生地で作られていて、押し倒された段階で膝まで捲れていた。

身体のあちこちに触れられているうちにさらに捲れ上がっていたから、あらわになった太股に熱い手のひらの感触が直接伝わってくる。それは薄い布越しで感じた温度とはまるで違い、触れられた周辺まで燃えるように熱くなってしまうものだった。

「ん…、ふ…、んぅ、う……」

シオンは角度を変えて何度も口づけをしながら、徐々に太股の外側から内側へと手を移動させていく。

ルチアは恥じらいを感じて脚を閉じようとしたが、その前に手を差し込まれてしまう。

強引に開脚させられると、閉じられないように彼の身体が割り込んでくる。それと同時に彼の指先が中心にたどり着き、ルチアは突然の刺激に身を捩った。

「ひあぁ……ッ」

「……いい啼き声だ」

「や、やぁっ、そんなところ……っ」

「だめだ。このままじゃ俺を受け入れられない」

「あっあぁ、んんぅう……ッ」

シオンは下着の上からルチアの秘所を指で突き、そのままぐっと押し込んでくる。僅かに指が中心に食い込み、ルチアは喉を反らして喘ぐ。軽く出し入れするように動かされて、顔を真っ赤にしながら貪るような口づけを受け止めた。

先ほどより、シオンの舌も息も熱い。

間近で見つめる潤んだ眼差しは、淫らな光を帯びていた。

ルチアはお腹の奥のほうに熱を帯びるのを感じ、じわりと何かが溢れるのを感じる。秘部から溢れた蜜が下着を濡らし、それがシオンの指先へと伝わると、彼はその指を引き抜いてすぐさまドロワーズの裾部分を強く引っ張った。

「あぁ、そんな……」

「もっと触らせろ。もっと……」

ドロワーズは見る間に引きずり下ろされ、ルチアはさらに顔を紅潮させる。

けれど、脚を大きく開いているから太股までしか下げられず、シオンはルチアの両膝を抱えて太股でとどまっていたドロワーズを引き下げていく。

膝からふくらはぎ、足首を抜けるまではあっという間のことだ。

彼はドロワーズを無造作にベッドに置くと、ルチアの膝頭に唇を押し付ける。硬く尖らせた舌先をそのまま内股に向かってねっとりと這わせていった。

「柔らかい肌だな……。どこもかしこも吸い付いてくる。脚も腹も、撫でているだけで気持ちがいい」

「ん、あぁ…あ」

「おまえのココ…も……」

「……ッ、ひあぁ……っ」

シオンははじめはルチアの内股を舐めながら、お腹や脇腹を撫で回していたが、突然反対の手で無防備な秘部を擦り上げてきた。

直接中心に触れられた衝撃でルチアはびくんと肩を揺らして嬌声を上げたが、彼はごくりと唾を飲むと、何度も指を上下させていく。

秘部から溢れ出た蜜がみるみる彼の指を濡らし、誘われるように中心へと差し込まれる。

シオンは指をくるくる回して内壁の感触を確かめると、今度は指を二本に増やして抜き差しを繰り返した。

「あっあっ、あっああ……ッ」

「……すごい濡れてる。指を動かすたびに奥から溢れ出して……」

「やぁ…、や、あぁぁっ」

「ルチア、感じてるのか……？」

「あぁっ、あっ、あっあっああ……っ」

恥ずかしいのに声を我慢できない。

抜き差しを繰り返されるたびに彼の指を強く締めつけてしまう。

少しして、シオンは秘部を刺激しながら、ルチアの寝衣を摑んで胸の上までたくし上げてくる。

乳房まで一気に空気に晒され、ルチアは驚いて身を捩ろうとしたが、彼はつんと上向いた突起に吸い付いて空いているほうの手で膨らみを揉みしだいていく。

舌先で乳首を転がされ、内壁を何度も擦られて、ルチアはじわじわと迫り来る快感に喉をひくつかせた。

「ひ…ぁ、ンっ、あっ、あぁっ、あぁあう」

このままでは、ひた隠しにしてきた気持ちもばれてしまうかもしれない。

頭の隅でそんなことを思ったが、何をされても身体のほうは素直に悦んでいる。隠す意味もないほど、全身でシオンを求めてしまっていた。

――シオン、シオン…、シオン……。

何度心の中で呼び続けただろう。

口に出せない想いの代わりに、ルチアは彼の名を胸の奥で繰り返した。

ややあって、シオンはルチアの中心から指を引き抜き、息を乱しながら身を起こす。

煩わしげに上衣を脱ぎ、シャツのボタンを片手で外して脱ぎ捨てると、均整のとれた逞しい肉体があらわになった。

息をするたびに喉仏が動き、汗で濡れた鎖骨と大胸筋が上下する様子が艶めかしい。男の人の身体がこんなに綺麗なものだと知らなかったから、ルチアは彼の肢体に目が釘付けになってしまう。

シオンはそんなルチアを見て僅かに口元を緩めると、手早く下衣を寛げる。熱く猛ったものを秘部へと押し当ててから、細い身体にゆっくりとのしかかってきた。

「ルチア…、挿れるぞ……」

「ん…ぅ、あ、ぁ、ああ――…ッ！」

シオンは恍惚状態のルチアの返事を待たず、ぐっと腰を突き出し、中心を押し広げていく。

ルチアは悲鳴に似た嬌声を上げ、その圧迫感に唇を震わせて彼にしがみついた。

「…――っく」

シオンは苦しげに眉を寄せて掠れた声を漏らしている。

ルチアのほうは目の端に涙が溢れ、次々と零れ落ちて止まらない。最奥に当たる熱い先端はびくびくと震え、程なくして抽送がはじまって、ルチアは弓なりに背を反らして喘いだ。

「ああっ、あっあっ、あぁっ」

「……ルチ…ア…ッ」

これが痛みなのかなんなのかは、よくわからない。

シオンと繋がった場所がとにかく熱くて、奥を突かれるたびにその熱が全身へと広がっていくようだった。

「あぁぅ、…ひ、あぁ……」

ルチアは内壁を行き来する熱塊から逃げるように、シーツを握りしめて無意識に身を捩る。

だが、シオンは細い腰を摑んで自分に引き寄せると、さらに繋がりを深めてしまう。ルチアは強烈な圧迫感に彼の胸を押し返そうとしたが、その手を取られて呆気なくベッドに沈んだ。

「ンッ、あっ、あぁっ、あっあああう……ッ」

あまりに性急な行為に、ルチアは喘ぐことしかできない。

シオンは余裕があるように見えていたが、実際はそうではなかったのだろう。

彼はルチアの頰や顎、耳たぶを甘嚙みすると、首筋に強く吸い付き、昼と同じ場所に赤い痕を上書きしていく。それを満足げに眺めてから、首筋から鎖骨を舌先でなぞり、乳首をべろりと舐めてルチアを上目遣いで見つめた。

――どうしてそんな目で見つめるの……。

情欲に濡れた瞳に、どくんと心臓が跳ね上がる。

漆黒の髪がその滑らかな頰にかかって、息をすると微かに揺れる様子が色っぽい。

ルチアが吐息を漏らすと、シオンは僅かに身を起こして抽送をさらに速める。頬を伝う涙を舐め取り、奪うように唇を重ねて舌を搦め捕った。

「んっ、んっ、んッ」

「ルチア、もう諦めろ。おまえは俺からは逃げられない」

そんなふうに激しくされると勘違いしそうになる。

シオンに求められている気がして、涙が止まらなくなってしまう。

徐々にお腹の奥が切なくなって、指で愛撫されたときに似た快感がせり上がってくる。

抽送のたびに二人の繋がった場所から淫らな音が響き、いつしかルチアの嬌声には甘いものが含まれるようになっていた。

「ああっ、シオン、シオン、シオン……ッ」

「ルチア……っ」

想いを抑えきれなくなり、ルチアは彼の名を何度も繰り返す。

それに応えるように彼はルチアの身体を強く掻き抱いて最奥を突き上げる。

もうこれ以上は受け止めきれない。

おかしくなってしまいそうだと思うのに、身体は彼を求めて締めつけている。ルチアは強烈な快感に抗えず、彼の首に手を回して啼きながら口づけを求めた。

「ふっ、ンっ、シオ…ン」

「ルチア、もっと、もっと奥まで……」

「やぁ……っ、あっ、あ、ひ…、あぁぁー……ッ」

頭の芯がびりびりして、お腹の奥が断続的に痙攣しはじめる。

ルチアは夢中で彼に抱きつき、狂おしいほどの抽送に涙を零した。

何もかもがはじめてで、襲いかかる快楽の波に逆らう術など知る由もない。

彼の与えるものなら、なんだって構わない。そんな気持ちで身を委ねた直後、これ以上ないほど内壁が激しくわななないた。

「ああっ、ああっ、あぁぁあぁ――…ッ！」

「…っく、ルチ…ア……っ」

ルチアは悲鳴に似た嬌声を上げ、絶頂に打ち震えた。

目の前が真っ白になって、心も身体もシオンでいっぱいになる。

シオンもまた限界が近いのか、目を閉じて苦しげに眉を寄せる表情はあまりにも淫らだ。

少しの間、彼はルチアをきつく抱きしめ、全身を小刻みにゆすっていた。そうやって熱い先端で最奥を突き上げていたが、絶頂を迎えてもなお蠢き続ける内壁の刺激に耐えられなくなったのだろう。

「――…ッ」

シオンはぶるっと背筋を震わせて掠れた呻きを漏らす。

その直後、彼はルチアの最奥に大量の欲望を放ち、二人はほとんど同じタイミングで最後の瞬間を迎えたのだった。

「……あ、はあっ、はあっ、はあ……っ」

それからしばらく、室内には二人の激しい息遣いが響き続けていた。

頬に触れる彼の黒髪がくすぐったい。

抱きしめ合っているだけで、不思議な充足感に包まれていく。

それはルチアの中にある空っぽの入れ物に、生まれてはじめてたっぷりの水が注がれたような感覚だった。

「ルチア……」

ややあって、シオンは大きく息をついて僅かに身を起こした。

いまだ肩で息をしているルチアと違って、やはり彼のほうがずっと体力がある。

シオンはルチアの乱れた金髪を優しく指で梳くと、そっと頬に手を当てて触れるだけの口づけを落とした。

——これは夢？

夢なら醒めないで……。

その柔らかな唇の感触に、ルチアはうっとりと目を閉じた。

「ルチア、もうおかしな噂に惑わされるなよ」

「……？」

「ほら、俺に触ってみろ。ちゃんと生きてるだろう？　俺たちは今、この世の誰よりも親密な関係だ。それなのになんの異変もない。おまえは呪われた娘なんかじゃないんだよ。

あんなのくだらない噂だ」

「……シオ…ン……」

シオンはルチアの手を取り、自分の頬や肩、胸を触らせる。『わかったか？』というようにルチアの顔を覗き込む様子にまた涙が溢れ出した。

――本当に……？

本当に私は呪われていないの……？

自分のせいではないと思ってもいいのだろうか。

常に自己を否定される状況に置かれてきたから、すぐに頷くことはできなかったけれど、肌を合わせてもシオンが無事であることは疑いようもない事実だ。

自分なんて消えてしまっても構わない。

その代わり、この先も彼が無事でいてくれるなら、それだけで十分だった。

「ルチア、俺から逃げようなんて二度と考えるなよ」

「……ごめん…なさい」

「謝らなくていい。わかればいいんだ」

「ん……」

甘い口づけにルチアは小さく喘ぐ。

なんだか、すごく大切にされているみたいだ。

次第に強い眠気に襲われて、ルチアはうとうとしはじめる。大好きな人の腕に抱かれて眠るなんて、これほど幸せなことはなかった。

「――…あっ」

だが、ルチアは不意に『あること』を思い出す。

ぱっと目を開け、シオンの腕の中で探るように部屋を見回した。

蝋燭の明かりだけではよく見えず、僅かに身を起こそうとすると、シオンに訝しげに問いかけられる。

「ルチア、どうした？」

「え？　あ、あの…、その……っ」

「探しものか？　何か落としたのか？」

「い、いえ……」

ルチアはしどろもどろになってうまく答えられない。

けれど、黙っていては怪しまれるだけだ。

――どうしよう、どうしたら……。

ルチアはぐるぐる考えながら、シオンを見つめ返す。

彼に嘘はつけないと、ルチアは観念して白状することにした。

「その…、オセ先生と待ち合わせているんです……」

「……どういうことだ？」

「私、周りに『死神令嬢』なんて噂されて、自分のことが恐ろしくなってしまって……。

たくさんの人を不幸にしていることに堪えられずに、オセ先生に屋敷を出たいと泣きついたんです。はじめは先生も否定的でしたが、私があんまりしつこいから根負けしてそういう話に……」

「まさか、一緒に屋敷を出るつもりだったのか？」

「そ…、そうです」

ルチアが頷くと、シオンは口元を引きつらせる。

先ほどまでの優しい表情から一変して、彼の熱がすっと引いていくのが伝わるようだった。

「……それで？　その後はどこに行くつもりだったんだ」

「その後は、先生の屋敷に……」

「へぇ？　ところで、約束の時間と場所は？」

「夜中の一時頃に…、裏門で待ち合わせを……。けれど、部屋に一人でいるうちに居ても立ってもいられなくなって」

「それで先に行って待っていようと思ったのか……。俺が屋敷にいるとは思いもせず、あんなところで見つかってしまったと」

「……そのとおり…です」

シオンに誤魔化しは通じない。

目を見ただけで、たちどころにルチアの心の中まで暴いてしまう。

躊躇いがちに答えると、彼は目を閉じてため息をつく。

きっと呆れているのだろう。それ以上に失望しているのかもしれない。

シオンは数秒ほど黙り込んでいたが、やがてルチアから身体を離して身を起こす。脱ぎ捨てたシャツと上衣を手に取り、黙々とそれらに袖を通しはじめた。

「ルチアも支度するんだ」

「え？」

「いいから早く」

「は、はい……っ」

ルチアは突然のことに目を瞬かせていたが、シオンに急かされて慌てて起き上がった。

そのときになって自分が裸であることに気づいて、思わず顔がカーッと熱くなる。

下腹部に僅かな痛みを感じて一層顔が熱くなったが、彼を待たせるわけにはいかないと我に返って急いで寝衣を身に纏（まと）った。

「ルチア、行くぞ」

「……え、えぇ」

どこに行くつもりなのだろう。

もしかして、裏門に向かうつもりだろうか。

シオンは硬い表情をしていたから、下手に聞くことができない。

余計なことを言っては怒らせるのではないかと、ルチアは促されるままに部屋をあとにした。

その後は、静まり返った廊下を進み、裏庭に直接出られる勝手口から外に出ていく。

裏庭に出ると、シオンはルチアを連れて厩舎に行き、二人で彼の馬に乗って裏門へと向かった。

——どうして馬に乗って裏門に行こうとしているの……？

シオンに後ろから抱えられ、ルチアは大人しく馬に乗っていたが、内心では混乱していた。

一緒に裏門まで行ってくれるのかと思っていたものの、それならわざわざ馬に乗る必要はない。

彼がどういうつもりでいるのかわからず、ルチアは辺りを見回す。

今は何時頃だろう。オセとの約束の時間より前なのか、それとも過ぎているのかさえわからない。慌てて客間を出てきたから、柱時計の時間を確認できなかったのだ。

耳元に彼の息がかかり、ルチアは僅かに頭を傾ける。

シオンは一瞬だけルチアに目を向けたが、すぐに前を向いて手綱を握りしめた。

やがて裏門が視界に入ると、彼は徐々に速度を上げていく。

ルチアは驚いて辺りに目を凝らし、人影を探したがそれらしき姿は見当たらない。

まだオセは来ていないのだろうか。

馬の駆ける音に驚いて咄嗟に物陰に隠れた可能性もあったが、裏門には門兵すらいなかった。

「……やけに手際がいいな。まったく胡散臭(うさんくさ)いやつだ」

不意にシオンがぼそりと呟く。

――胡散臭い……？

誰のことを言っているのかわからず、ルチアは小さく首を傾げる。

すると、彼の馬はさらに速度を上げ、一気に裏門を通り過ぎてしまう。

風一つない穏やかな月夜の下、蹄の音が軽やかに響く。

シオンの馬はその後もしばらく走り続け、サブナック家の屋敷に着くまで止まることはなかった――。

第五章

――翌日。

シオンはその日も普段と同じ時間に起きると、早々に朝食を済ませて執務室で過ごしていた。

昨夜、自宅に戻ったのはかなり遅い時間で、その後もあまりよく眠れずに朝が来てしまった。それでも、思考が働かないということはなく、それどころか、いつもより冴えた感覚があった。

「……これで望みが繋がればいいが」

シオンは執務室に来てから、ずっと執務机でペンを走らせていた。

目の前の白い便せんには、数枚にわたって文章がしたためられている。シオンは念のためにもう一度文頭から確かめたあと、便せんを封筒に入れて封蝋（ふうろう）をし、上衣の胸ポケットにしまった。

ふと、執務室の柱時計を見ると、そろそろ十時を過ぎる頃だ。

ルチアはまだ夢の中だろうか。

昨夜はルチアと同じベッドで眠りに就いたが、彼女はシオンが朝起きて着替えをしている間も、朝食を終えて一度部屋に戻ったときもぴくりとも動かず昏々(こんこん)と眠り続けていた。

――コン、コン。

不意に、静かな執務室にノックの音が響く。

シオンが顔を上げると、やや間を空けて扉が開けられた。

訪ねてきたのは、父のセオドアだった。

「シオン、少しいいか？」

「父上、どうぞお入りください」

シオンが家督を継いで一か月半になるが、セオドアが執務室を訪ねてきたのは数えるほどしかない。手を貸そうと思えばいつでもできただろう。そうしなかったのは、すでに身を引いた者としての配慮にほかならなかった。

セオドアは執務室の中ほどに置かれたソファに腰掛ける。

シオンも執務机から離れると、セオドアの真向かいに置かれたソファに腰を下ろした。

「……忙しそうだな」

「ええ、多少は慣れてきましたが」

「すまなかったな。一人前の騎士として認められ、王宮への異動の話がきた矢先にこんなことに……」

「なぜ父上が謝るんですか」

「責任の一端は私にもある。早々に引退して家督を譲り渡してしまったのだからな」

「それはもう三年も前のことです。父上が悪いわけではありません」

「……だが、おまえの人生が変わってしまったのは事実だ」

そう言って、セオドアは思い詰めた様子で目を伏せた。

セオドアはあと三年で五十歳になるが、年齢よりもかなり若く見える。白髪の交じった黒髪や目尻に刻まれた皺は隠しきれるものではないが、当主を退くにはまだ早いと思う者がいるのも不思議ではないほどだ。

セオドアが当主を退いたのは三年前、シオンがルチアと出会ったのもその頃だ。

あのときは、一番上の兄リチャードがサブナック家を継いで間もなかった。

もともとセオドアは国王直属の王国騎士団を指揮する立場にあったのだが、アンドリウスの臣下となってしばらくののち、若い頃に負った傷の影響で思うような働きができなくなり、リチャードに家督を譲ったのだ。

しかし、リチャードは家督を継いで一年で急逝し、その跡を継いだラッセルも今から一か月半前に亡くなってしまった。

残るは三男のシオンだけとなり、急遽サブナック家を継ぐことになったわけだが、経緯が経緯だけにセオドアも暗澹たる思いでいるのだろう。シオンが跡を継いでからというもの、セオドアはずっと辛そうな顔で肩を落としていた。

「俺は父上のことを誰よりも尊敬しています。だから、そんなふうに謝るのはやめてください」

「シオン……」

「それに父上の古傷が痛むようになったのは、これまでの無理が祟ったからでしょう。アンドリウスさまが無理難題ばかりを押し付けなければ、父上がここまで苦しむ必要はなかったはずです。この一連の不可解な出来事だって……——」

「シオン、それ以上はいけない」

セオドアは、シオンの言葉を途中で制止して首を横に振る。

昔気質(むかしかたぎ)の軍人だった父は、どこまでも主人に忠実だ。

けれど、シオンにはその気持ちがなかなか理解できずにいた。

信頼も尊敬もできない傲慢(ごうまん)な主人に尽くす気持ちは、騎士として研鑽を積んでいる頃から一度も持ったことがなかった。

「父上、ここには俺しかいません。もう俺しかいないんです。これが何を意味するのか、父上もわかっているはずです」

「それは……」

「父上は、アンドリウスさまが憎くはないのですか？」

「……ッ」

シオンの問いかけに、父は息を呑んで目を見開く。

少し前の自分なら、こんなふうにけしかけるようなことは言おうとも思わなかった。

だが、家督を継いだ今だからこそ、父の本音が知りたい。アンドリウスに対して、心の内ではどう思っているのか聞いておきたかった。

「……私も一人の人間だ。どんな感情だろうとなくすことはできない」

「父上……」

それは憎しみがあるということだろうか。どれだけのものを内に秘めているのか、その言葉だけでは汲み取ることはできない。

——俺一人が感情的になっているだけか……。

シオンはソファに深く凭れかかり、むっつりと黙り込む。

すると、セオドアは気持ちを切り替えた様子で苦笑を浮かべた。

「しかし、昨夜は本当に驚いた。まさかルチアさまを連れて戻ってくるとは思わなかったからな」

「……あんな夜更けに起こしてすみませんでした」

「いや、いいんだ。アンドリウスさまの使者から、おまえは公爵家に泊まると聞いていたのでな。何かあったのかと思っただけだ」

「それは……、昨日もお話ししたとおりです。その…、アンドリウスさまから彼女と結婚するよう命じられたのですが……」

「酷い噂で彼女が傷ついていたから、連れ帰ってきたと？」

「……そうです」

深夜にルチアを連れ帰っておきながら、そんな説明ではあまりにも説得力がなかった。シオンもそれはわかっていたが、どう話せばいいのかわからず、言葉を選んでいるうちにそんな説明になってしまったのだ。

セオドアも疑問に思っているのだろうが、サブナック家の今の主人はシオンだ。そう思って、無理に聞き出そうとはせずに成り行きを見守ろうとしているようだった。

――俺だって、ルチアを連れて帰るつもりはなかった……。

本当は、しばらくはシオンも大人しくしているつもりでいたのだ。

だが、静まり返った夜の公爵邸でルチアと鉢合わせし、それが自分から逃げるためだと知って感情が抑えられなくなってしまった。

客間に連れ込んだときには多少冷静さを取り戻したが、基本的に彼女は追いつめられないと感情を表に出せない。

だからシオンはやや強引にルチアの気持ちを聞き出し、結婚を拒否していたのも、自分から逃げようとしていたのも周囲の心無い噂が原因だと突き止めることができた。

もちろん、最初は軽く触れ合って彼女が呪われていないことを証明できればそれでいいと思っていた。しかし、彼女は何をしてもほとんど抵抗しないどころか、縋るようにしがみついてくるものだから、我慢できなくなって最後の一線を越えてしまった。

公爵家から連れ去ったのは、彼女を抱いたからというだけではない。あのような強行手段に出たのは、ルチアがオセと屋敷を出る約束をしていたことを知ってしまったからだ。

シオンは、以前からずっと内心ではオセのことを信用していなかった。必要以上にルチアの傍にいるというのもそうだが、彼女を誰よりも理解しているのは自分だといった様子が特に気に食わない。ルチアの手や脚など、日常的に彼女の身体に触れていると知ったときには、思わず苛立ちを顔に出しそうになったほどだ。

――ルチアはあの男を信用しきっているようだが、俺はそんなふうには思えない。

オセは公爵家の専属の医者だが、あくまでも主人はアンドリウスだ。その子供たちを気にかけるのも仕事のうちとはいえ、ルチアに対しては明らかに度を越している。揚げ句の果てに、駆け落ちのような真似をしようとしていたのだから、完全に医者として許される範疇を逸脱していた。

「それにしても、彼女…、ルチアさまはどうしてあんなにご自分を責めるのだろうな。心無い噂に惑わされていたとはいえ、昨夜は私などにも何度となく頭を下げていた……」

セオドアは思い出したように、ぽつりと呟く。

シオンはその言葉で現実に戻され、眉根を寄せて唇を引き結んだ。

昨夜、サブナック家の屋敷にルチアを連れ帰ったとき、彼女は物音に気づいて起きてきたセオドアと対面した。だが、彼女はその顔を見るや否や、いきなり頭を下げて謝罪し出したのだ。

『ルチアさま、おやめください。あなたがそんなふうに頭を下げる必要はありません！』

『いいえ、すべて私のせいです……』

呪いなんてそんなものは存在しない。

少なくとも、シオンに抱かれた直後はわかってくれたと思っていた。

それなのに、サブナック家の屋敷に連れ帰り、セオドアの顔を見た途端、再び自責の念に駆られたようだ。何度やめるように言っても、『私のせいだから』と謝罪を繰り返していた。

「ルチアがああなったのは、彼女がこれまで育った環境のせいです」

「……環境？」

「えぇ、彼女は自分に自信を持てたことが一度もないのでしょう。これははじめてルチアと会ったときに本人から直接聞いた話ですが、彼女は十二歳まで乳母と二人暮らしで、その乳母が亡くなったあとにはじめて母親に会ったようでした。けれど、一緒に暮らしはじめた母親との生活も、たった二年で終わってしまったといいます」

「彼女の母上は、不慮の事故で亡くなったんだったな」

「詳しくは知りませんが、そう言っていました。そしてその後、アンドリウスさまに引き取られることになるまで、ルチアは自分の父親が生きていることすら知らなかったと言っていました。彼女は、公爵家には自分の居場所がないとわかっていたんです。本当は行きたくないと思っていたのに、行かざるを得なかったんです」

三年前のことは今でもよく覚えている。

ふらふらとよろめきながら歩く金髪の女の子。

シオンは家族でアンドリウスに呼ばれ、愛馬に乗って公爵家に向かう途中だった。

——あのとき、もっと話を聞いてやればよかった……。

本当は、泣いて縋る彼女を助けてやりたかったのに、あのときの自分は力がなくて何もしてあげられなかった。

公爵家に引き取られてからも、ルチアはずっと不遇な扱いを受けていた。

愛人の子と言われて蔑まれ、食事はいつも一人きりで、腹違いの兄姉からは日常的に嫌がらせを受けていた。

それにもかかわらず、ルチアは決して誰かを悪く言ったりはしない。

自分を責め、自分自身を傷つけ、心細そうに微笑む姿を見て、シオンは何度己を不甲斐なく思ったかわからない。

「シオン、おまえ、まさかずっと彼女を……？」

「……」

「そうなのか？」

「……いや、この話は終わりにしましょう……。これからちょっとやらなければならないことがあるんです」

「しかし……」

どうも今日は調子が狂う。

父の本音を聞きたいと思っていたのに、これまでひた隠しにしてきた感情を呆気なく見抜かれそうになっている。シオンはセオドアの追及から逃れるように、ソファから立ち上がった。

──コン、コン。

と、そこへ絶好のタイミングで扉をノックする音が響く。

シオンは胸を撫で下ろしながら、そそくさと扉のほうに向かう。

扉を開けると、家令のノーマンが強ばった顔で佇んでいた。

「ノーマン、どうかしたのか？」

「シオンさま、それが公爵家から使者が来ておりまして……」

「公爵家から……」

「はい、玄関でお待ちいただいておりますが、いかがいたしましょうか」

ノーマンの問いかけに、シオンの熱くなった感情が一気に冷めていく。

話を聞いていたセオドアも立ち上がり、神妙な顔でシオンの様子を窺っていた。

「すぐに行く」

シオンは口元を引き締めると執務室を出る。

セオドアもあとに続き、二人は共に玄関ホールへと向かった。

「――ルチアさまをご存じではありませんか」

シオンたちが玄関ホールに姿を見せると、開口一番ルチアのことを訊ねられた。

どうやら、公爵家の使者とは、アンドリウスに遣わされた兵士のことらしい。

ぶしつけな眼差しでシオンやセオドアを見る様子は、お世辞にも褒められたものではなかった。

「なんの話だ？　彼女がどうしたと？」

「……それはつまり、ご存じではないとおっしゃりたいのですか？」

「当然だ」

「なるほど……」

ずいぶん横柄な態度の兵士だ。

シオンが白を切ると、その兵士は怪訝そうに屋敷の中を窺っていたが、玄関ホールの付近にはほかに誰もいない。シオンの鋭い目つきに気づいてか、兵士はごほんと咳払いをして姿勢を正した。

「シオンさま、あなたは昨日公爵家にお泊まりになっていたはずです。夕食はアンドリウスさまと愉しんでいたようですし、その後は早々に客間でお休みになられたと聞いております」

「あぁ、確かにそうだ」

「ところが、朝になるとその客間には誰もおりませんでした。一体どういうことかと疑問に思うのは当然でしょう。こうして訪ねて来てみれば、シオンさまはなぜかご自分の屋敷にお戻りになっているのですから」

「……それはすまなかった。実は急な用事を思い出して、夜のうちに屋敷に戻ったんだ。誰かに伝えようと思ったが、なにぶん遅い時間だったのでな。のちほど謝罪に伺おうと思っていたところだ」

「そ…う…でしたか……」

その兵士は、シオンが狼狽えると思っていたのだろう。

あっさり非を認めつつ、すらすら弁明する様子に戸惑っていた。

だが、この程度のことはシオンも予想済みだ。

ルチアが居なくなったと同時に怪しい動きを見せた者がいれば、真っ先に疑われるのは当然だった。

「では、ルチアさまのことは本当にご存じないのですね？」

「本当も何も、聞きたいのはこちらのほうだ。彼女はいつからいないんだ？　もし何か事件に巻き込まれていたとしたら一体どうするつもりだ」

「……っ、それは……。申し訳ありません」

反対に責任を追及されて、兵士は引きつった顔で謝罪している。

これでもシオンの家はそれなりに力を持った名家だ。

そんな貴族を相手に一介の兵士がどうこうできるものではない。兵士は苦々しそうに息をつくと、気持ちを切り替えた様子で一歩下がった。

「我々も全力でルチアさまをお捜しします。シオンさまも、何かわかったことがありましたらお知らせください」

「わかった」

「それでは、失礼いたします」

兵士は一礼すると素早く踵を返し、急ぎ足で正門へと向かう。

おそらく兵士は馬に乗ってきたのだろう。少しして蹄の音が響き、やがてその音も遠ざかっていった。

「……シオン、これからどうするつもりだ?」

少しの間、玄関ホールは静まり返っていた。

シオンは前方を見据えて押し黙っていたが、問いかけられたセオドアの言葉に浅く笑みを零す。

我ながら、大胆なことをしたものだ。

そんなことを思いながら、ふと、胸のポケットから封書を取り出して家令のノーマンに差し出した。

「ノーマン、大至急この手紙を送る手配をしてくれ」

「は、はい、どちらへお送りすれば……」

「何を焦ってるんだ。おまえらしくない。宛名なら、ここに書いてあるだろう」

「申し訳ありませ……──、え……？」

「頼んだぞ」

「しょ…っ、承知いたしました！」

シオンの指示に、ノーマンは心なしか慌てている様子だ。

受け取った手紙を丁重に両手で持ち、軽く会釈をしてからその場を離れる。

いつもより歩調が速いのは、おそらく気のせいではないだろう。

ノーマンの後ろ姿を見送ったあと、シオンはセオドアに目を向けてにやりと笑ってみせた。

「……シオン、今の手紙は？」

「あれは、俺たちの未来を賭けた手紙です」

「未来……」

「父上、どうか協力してください。これから起こることに、俺はこの命をかけるつもりなんです」

「……どういうことだ……？」

ここまできたら後戻りはできない。

これからどうするつもりなのか、わかりきったことだ。

——俺は、もう二度とルチアを公爵家に返すつもりはない……。

そのために大きな障害が立ちはだかっていることもわかっている。

この先、何がどう転ぶかは賭けに近い部分もあったが、むざむざ手をこまねいて見ているわけにはいかなかった。

だからこそ、今は思いつく限りのことをやっていくしかない。

まずはルチアとの距離を縮めることが重要だろう。

急ぎすぎて拒絶されたら元も子もないが、おそらく自分たちにはそれほど時間が残されていない。多少荒療治になってしまったとしても、彼女が信じるものが本当に正しいのか、疑いを持ってもらう必要もあった。

——ルチアに嫌われるのは嫌だが……。

シオンは前髪を搔き上げて考え込む。

そこでセオドアとは別れ、シオンは自問自答をしながらルチアの眠る部屋へと向かったのだった。

❀　❀　❀

「――う……ん……」

ふかふかのベッド。静かで暖かな空間。

サブナック家の屋敷に連れて来られてから、どれだけ経っただろう。

ルチアはシオンと同じベッドで寝ることになって、はじめはすごく緊張していたのだが、思っていた以上に疲れていたようでいつの間にか深い眠りに就いていた。

朝になってシオンが起きても目覚めることはなく、ルチアの意識が戻ったのは昼頃になって空腹を感じはじめたときだった。

「やっと起きたか。よく寝たな」

「――……ッ!?」

目を開けた途端、いきなりシオンと目が合う。

ルチアは驚いて思わず固まってしまった。

シオンはそんなルチアを見ながら、頭の後ろで両腕を組んで身体を解している。

いつからそこにいたのか、彼はベッドの傍に置かれていた椅子に座って、にやりと笑ってみせた。

「腹が空いてるんじゃないか？」

「え？　え、えぇ…、少し……」

どうしてわかったのだろう。確かに昨日はオセと屋敷を出るという話になって、緊張で夕食にあまり手をつけられなかったこともあり、とてもお腹が空いていた。

「だよな。腹の虫が鳴いてたからそうだと思ったんだ」

「腹の…虫？」

「きゅうぅ…って、音がしてた」

「う…っ、嘘……っ」

シオンにお腹の音を指摘されて、ルチアは顔を真っ赤にして身を起こす。

まさか音が鳴っていたとは思いもしなかった。

手でお腹を押さえていると、シオンは口元を綻ばせながらベッドの下から何かを取り出した。

「腹が空いたから身体がそう訴えたんだろうし、恥ずかしがる必要なんてないだろう？とりあえずこれに着替えて。用意はできてるから行こう」

「……え？」

きょとんとすると、シオンはドレスをベッドにぽんと置いた。

ルチアはそのドレスを手に取り、首を傾げる。

──綺麗な青いドレス……。

このドレスはどうしたのだろう。シオンの家は男所帯のはずだ。

もしかして、自分のためにわざわざ用意してくれたのだろうか。

ルチアはあれこれ考えながら、躊躇いがちにシオンに背を向ける。

『着替えの間だけ一人にしてほしい』と言えばいいものを、まだ頭がぼんやりしてそんなことなど考えもつかずにドレスに着替えていった。

「あの、終わりました」

「……あ、あぁ。……それじゃ、食堂に行こうか」

着替えを終えると、ルチアはベッドを降りてシオンを見上げた。

彼はなぜか食い入るようにルチアを見ていたが、ハッと我に返った様子で、素早く扉のほうへ向かった。

「食堂……？」

「どうしたんだ。腹が空いてるんじゃないのか？　食事の用意はできてるから、早く食堂に行くぞ」

「は…っ、はい……っ」

ルチアは慌ててシオンのあとを追うが、動揺を隠せない。

——まさか、食堂で食事をするの……？

食堂は食事をする場所だから驚くほうがおかしいのはわかっている。

だが、ルチアはもう何年も自室でしか食事を摂っていなかったから、当たり前のように言われてもすんなり頷くことができなかった。

「ほら、あそこがルチアの席だ」

「私の……」

食堂に足を踏み入れると、シオンはテーブルを指差してそう言った。

彼が指差したテーブルには、いくつかの皿が並べてある。

しかし、料理はまだ運ばれていないようで、ルチアたちが食堂に姿を見せると、厨房から給仕が料理を持って出てきた。

シオンはそれに気づいてルチアを席まで案内し、自分はテーブルを挟んだ向かい側の席に腰掛ける。ルチアがおずおずと椅子に座ると、給仕たちが一斉に動き出して料理の皿をテーブルに並べはじめた。

「ルチアさま、私もご一緒してよろしいですか？」

「え…？　あ、セオドアさま」

すると、セオドアも食堂にやってきて、笑顔で話しかけられる。

「実は昼食がまだでしてね。食事は皆で食べたほうが美味しいですから」

「は、はい、もちろんです」

セオドアはシオンの隣に座ると、美味しそうな料理を前に頬を緩めていたが、すべて運び終えたところで静かに頷いた。

「では、いただこう」

「い…、いただきます……」

サブナック家の当主であるシオンの合図で食事の時間がはじまった。

シオンはすぐに目の前の皿に手をつけ、その隣ではセオドアもにこにこと料理を味わっている。

――シオンは、私を食事に呼びに来てくれたんだわ……。

ルチアは呆然と目の前の皿に目を落とす。

なんて美味しそうな料理だろう。本当にこれを食べてもいいのだろうか。

「ルチア、食べないのか？」

「あ…、はい、いただきます」

「うちの料理人は腕がいいと評判なんだ。おかわりもあるから好きなだけ食べていいんだぞ」

「……は…い……」

ルチアは掠れた声で頷き、スプーンを手に取った。

スープを口に運び、こくんと飲み込む。

魚介の味が口いっぱいに優しく広がり、あまりの美味しさに吐息が漏れる。

続けて肉のソテーに手をつけ、こくのあるソースの旨味が口の中で絶妙に絡み合って思わず目が潤んだ。

こういった食事はいつ以来だろう。

乳母と暮らした十二歳まではいつも二人で食事を摂っていた。

母に引き取られたあとも、会話はなくとも食堂で二人の時間を過ごしていた。

――三年ぶりになるのかしら……。

けれど、あの頃とも違う。

ルチアは、こんなにも食事を美味しく感じたのははじめてだった。

「ルチアさま、うちの料理はお口に合いますか？」

「は、はい、とても美味しいです」

「それはよかった。料理人にも伝えておきましょう」

シオンもセオドアも、口数は少ないけれど話しかけてくれる。

彼らの日常の中に自分がいることが不思議でならなかったが、胸の奥が温かくなるような幸福な時間だった。

「そうだ。ルチア、食事が終わったら屋敷を案内してやる。公爵家ほど広くはないが、迷うといけないからな」

「はい、ありがとうございます……」

思い出したようにシオンに言われ、ルチアは小さく頷く。

確かに公爵家の屋敷のほうが広いのかもしれないが、ルチアはほとんど部屋から出たことがなかった。

だからたまに部屋から出ても、自分のいる場所ではないような気がしていた。

――そういえば、公爵家では屋敷を案内してもらったことはなかったわ……。

ルチアは食事の手を止め、シオンをじっと見つめた。

彼はなぜ自分をここに連れてきたのだろう。

屋敷の案内を必要とするほど、ここに長く置いてもらえるということだろうか。

疑問に思うことはあったが、シオンにもっと食べるように言われて思考が中断してしまう。サブナック家での食事の時間はルチアの思い描く幸福そのもので、その後は彼らとのひと時を噛みしめるので精一杯だった。

❀　❀　❀

ルチアが連れて来られたのは夜半過ぎだったから建物の外観はわからなかったが、サブナック家の屋敷はバロック様式の美しい邸宅だった。

建物は二階建てで天井がとても高い。

公爵家ほどではないものの、柱の一つひとつに彫刻が施されて、家具なども見事なものばかりだ。

シオンの話では、この邸宅はセオドアが二十年以上前に公爵領に移ることになったときに先代の国王陛下が用意してくれたらしい。画廊や図書室も案内してもらったが、目を見張るような絵画や年代物であろう貴重そうな書物もセオドアが集めたものではなく、はじめからここにあったものだと言っていた。

――それだけ、サブナック家は王家と繋がりが深いのね……。

外に出ると、広々とした庭が広がっていた。

芝の手入れが行き届き、あちらこちらに色とりどりの花が咲いている。

ルチアはシオンと二人きりになって、はじめは少し緊張していた。目が合うたびに昨夜の情事を思い出して顔が熱くなってしまったが、彼のほうは普段とあまり変わらない様子であれこれ説明してくれている。そのうちに少しずつ気持ちが落ち着いてきて、いつしかルチアはのんびりした気分で彼と庭を散歩していた。

「あっちがダリアで、この辺りはマリーゴールドだな。奥に咲いてるのがキンレンカ、向こうにはコスモスがある」

「ダリア…に、マリー…ゴールド……。キン…、キン……、えっと……」

「キンレンカだな。ルチアは花にはあまり興味はないか？」

「……い、いいえ。その…、とても綺麗だと思います」

「そうか、じゃあ好きになれるといいな」

「は、はい……」

不意に笑いかけられて、ルチアは思わず呆けてしまう。

花に興味があるとかないとか、考えたこともなかったけれど、美しい花々に囲まれた彼のいるこの場所は本当に綺麗だった。

――キンレンカ…、キンレンカ……。

ルチアは教えてもらった花の名前を忘れないよう口の中で繰り返す。

これだけ詳しいのだから、シオンはきっと花が好きなのだろう。

彼の好きなものなら自分も好きになりたい。庭に咲く花はどれも色鮮やかで、不思議とルチアの気持ちまで明るくなった。

「奥がキンレンカ……、向こう……が、コスモス……」

「ルチア、この花に顔を近づけて」

「えっ、顔を？」

「ほら早く」

「わ、わかりました」

いつの間にかシオンは花壇の前にしゃがみこんでいた。

ルチアはシオンの隣にしゃがみこむと、言われるがままにマリーゴールドの花に顔を近づけてみる。すると、この辺りに漂っていた甘い香りが強くなり、この花が出所だということに気づいた。

「いい香り……」

「ルチアは、この香りは好きか？」

「たぶん…、好きです」

「なら、今のうちに楽しんでおいたほうがいい。冬になると見られないからな」

「そうなんですね」

「あぁ、だが、冬には冬の楽しみがある。積もった雪に誰が一番に足跡をつけるか競争するんだ。葉を落とした枝に雪が積もる様子を眺めるのも悪くない。白い息を吐いて、春を待ちわびるのもいいだろう」

シオンはそう言って、目を細めながら庭を見つめていた。

彼の目には何が映っているのだろう。

楽しかった家族の思い出がそこにあるようで、胸がきゅっと苦しくなる。その横顔をじっと見つめていると、シオンもルチアに目を向けた。

「ルチア、今みたいに庭を散策したことはあるか？」

「え？　あ、あの……、乳母と暮らしていたときに何度かあったような……」

「……それは何年前だ？　公爵家に来たのが三年前で、その前はルチアの母上と二年間暮らしていたんだから……、五年前か。ずいぶん昔だな」

「そう…ですね。でも、乳母と暮らしていたときも、こんなふうにのんびり庭を眺めたことはなかったように思います。乳母はとても厳しい人で、いつもしっかりするように言われていました」

「散歩中も気を抜けないとは、なかなか辛いな」

「え、えぇ……」

辛いと言われればそうかもしれない。

けれど、ルチアにはそれが普通だったからよくわからない。

――ただ、今は少しだけシオンの言うことがわかる気がする……。

乳母と見た庭や母と暮らした屋敷の庭、公爵家の庭にどんな花が咲いていたのか、ルチアはほとんど覚えていない。思い出そうとしてもぼんやりと霧がかかったようになっていて、自分がいかに何も見ていなかったのかに気づかされたようだった。

「なぁ、ルチア。こうやってのんびり過ごすのも悪くないだろう？」

「……ええ、なんだか気持ちが軽くなりました」

「だろう？　俺もそう思う。今のこの一瞬っていうのは、もう二度と体験できないんだ。同じように見える雲の形も、実際は少しずつ変化しているようにな」

「雲の形…ですか？」

「あぁそうだ。空の高さだって季節ごとに違う。夏は低く、冬は高く感じるんだ。今は青々と茂った草花も、季節が進めば枯れ落ちてしまう。それでも、春になればまた新たな命が芽吹く。ルチア、一秒先はもう違う世界なんだ。そう思うと、どんな瞬間も貴重なものに思えてこないか？」

「一秒先は…、違う世界……」

ルチアは彼の話に耳を傾けながら、空を見上げてみる。

穏やかな青空にぽっかり浮かぶあの雲も、言われてみれば少しずつ形を変えているはずなのだ。これまでそんなふうに考えたことはなかったけれど、確かに一秒先は違う世界なのかもしれないと妙に納得した。

――シオンも、一秒先は違うシオン……？

シオンといるこの瞬間もそうなのだろうか？

だとしたら、どんなシオンも見逃したくない。二人きりでのんびり過ごす彼との時間は、ルチアには宝物のようだった。

「……あ、シオン」

「ん？」

「シオンの肩に……」

そのとき、ふと、シオンの肩に白い蝶がひらひらと舞い降りる。

ルチアがその蝶を指差すと、彼は「あぁ……」と言って小さく苦笑した。

白い蝶はすぐに飛び立ち、シオンの周りを回ってからすぐ傍のマリーゴールドの花に止まる。羽をぱたぱたと揺らして蜜を吸う様子にシオンは目を細め、ルチアはそれを見てぽつりと呟いた。

「……綺麗……」

「あぁ、そうだな」

——違う、そうではないの。

シオンが綺麗だと思ったのだ。

柔らかな風に揺れる黒髪も、長い睫毛や翡翠色の深い瞳も、ルチアには彼のすべてが輝いて見える。

彼の周りも、とても鮮やかだ。

何もかもが、切ないくらいに美しかった。

「ルチア？　どうかしたのか？」

「え？」

「涙が……」

「……涙……？」

シオンに言われて、ルチアは自分の頬に手を当てた。

すると、温かなものが指先に触れ、思わず目を瞬かせる。

――私、どうして泣いているのかしら……？

哀しいわけでもないのに、なぜか涙が零れ落ちていく。

シオンを見ていたら、胸が切なくなって知らず知らずのうちにそうなっていた。

「……ル、ルチア」

ややあって、彼は懐からハンカチを取り出して、ルチアの涙をそっと拭う。

若干動揺しているのか、不器用な手つきでルチアの背中をぽんと撫でながら顔を覗き込んでいた。

そんなことをされたら、もっと涙が止まらなくなってしまう。

はじめて出会ったときも、シオンはそうやってルチアの背中を撫でてくれた。

強い日差しの下を歩き回って、真っ赤になった顔を彼は水で濡らしたハンカチで優しくぬぐって介抱してくれたのだ。

――あの頃と変わってない……。

あの日の彼は、今も彼の中にちゃんと存在している。

そう思っただけで、胸がいっぱいになった。

「ルチア…、また散歩するか……？」

「……はい、シオンとお散歩…、したいです……」

「なら、体調のいいときにでも、また連れ出してやるよ」

「はい……」

「そういえば、身体の調子はどうだ？　昨日は…、その、ちょっと無理をさせた気がするが……」

「昨日？　――あ……」

気まずそうに言われて、ルチアは僅かに首を傾げる。

だが、すぐに昨夜の情事のことだと気づき、一瞬で耳まで紅潮してしまう。

心なしか、シオンの頬も赤くなっている。彼はごほごほと咳払いをしながら、ちらちらとルチアの様子を窺っていた。

「あ、あの…っ、特になんともありません……っ」

「そ…、それならいいんだが……」

「ええ、全然平気です！」

こくこく頷くと、シオンはほっと息をつく。

けれど、そこでふと何かを思いついた様子で「あ…」と呟き、ルチアの顔をじっと見つめた。

「ルチア、明日にでも医者に診てもらおう」

「お医者さまに？」

「あぁ、オセ先生のような華々しい経歴はないが、腕のいい医者を知っているんだ。彼に一度診てもらうといい。そうすれば、多少は安心できるだろうからな」

「……ありがとうございます……」

公爵家ではいつもオセに診てもらっていたから、気を遣ってくれているのだろうか。

――どうして、こんなに優しくしてくれるの……？

彼があまりにも優しくしてくれるから勘違いしそうになる。

シオンは、いつまで自分をここに置いてくれるつもりなのだろう。

少なくとも、明日までということはなさそうだが、考えただけで心が苦しい。

公爵家にはもう二度と戻りたくない。

シオンと一緒にいたいと縋りついてしまいそうで、ルチアは気持ちを抑えるように必死で自分の手を握りしめていた――。

――翌日。

ルチアはシオンやセオドアと昼食を済ませると、早々に部屋に戻っていた。

昨日、シオンが言っていた医者が来るというので、部屋で診てもらうことになったからだ。

「ルチアさまですね。私はサイラスと申します」

「よ、よろしくお願いします。サイラス先生」

若く見えるが、オセと同じくらいの年齢だという。

ルチアはこれまでオセ以外の医者に診てもらったことがないから緊張していたが、優しそうな雰囲気の人でホッとした。

「では、これからいくつか質問をしますので、一つずつ答えていってください。難しく考えず、気楽な気持ちで大丈夫ですからね」

「わかりました」

ルチアがベッドの端に座ると、サイラスはすぐ傍に椅子を持ってきて腰掛ける。

シオンはというと、近くの壁に寄りかかってルチアたちの様子を見守っていた。

「まずはこれまでの病歴を知りたいので、答えられる範囲で教えていただけますか？」

「は…、はい、その…、いくつもの病気を患っているというわけではないのですが、ずっと心臓が悪いと言われていました。虚弱体質だから、激しい運動をしてはいけないとも……」

「なるほど」

「それから、このままでは子供を産めなくなってしまうかもしれないからと、毎日私の手や脚を揉んで身体を温めていただいていました」

「……毎日、医者が自らですか？」

「そうです。よほどのことがない限りは……」

「そうですか……」

サイラスはルチアの説明に相づちを打って聞いていたが、途中から反応が小さくなっていく。

けれど、ルチアは嘘を言っているわけではなかったから、サイラスが考え込む様子にあれこれ勘ぐってしまう。自分の病気はそんなに悪いのかと、そんなふうに受け止めてしまっていた。

「病歴についてはわかりました。次は、ルチアさまのお身体の状態を確かめたいので、どちらかの腕を私に差し出していただけますか？　手のひらは上向きにお願いします」

「手のひらは上向き……。こう…でしょうか？」

オセとは違う診察の仕方に、ルチアは戸惑いながら腕を差し出す。

「ありがとうございます。では、少し手首に触れますね。このまま一分ほど脈を取らせてください」

そう言って、サイラスはルチアの手を取り、親指を手首に押し当てた。

こういった触診もこれまでしてもらったことがない。

脈を取るという行為を知らないわけではなかったが、少なくともオセはこういう方法で身体の状態を確かめることはしなかった。

——これでどんなことがわかるのかしら……？

不思議に思っていると、サイラスはおもむろに立ち上がって、いきなりルチアの目を覗き込んでくる。

「……あ、あの……？」

「あぁ、すみません。このまま目を大きく見開いてください」

「え、目を……？　こうですか？」

「はい、今度は目を左右に動かしてください。ゆっくりでいいですよ。あぁ、顔は動かさなくていいですからね」

「は、はい……」

「……なるほど。では、口を大きく開けて、舌を出してください」

「え……っ」

「怖がらなくても大丈夫ですよ。見るだけですから」

「……っ」

サイラスが何をしているのか、ルチアにはさっぱりわからない。

眼球を動かしたり口の中や舌を見せたり、ものすごく恥ずかしいことをさせられている気分だ。それもシオンの前だからなおさらだ。

シオンを見ると『大丈夫だ』といった様子で小さく頷いている。

にこにこ微笑むサイラスに、ルチアは躊躇いながらも大人しく従うしかなかった。

「ご協力ありがとうございました。もう楽にしてもいいですよ」

「は……い……」

サイラスはそんなふうに言いながら、ほかにもルチアの脛を指で押してみたり、髪をつまんでじっくり眺めたり、手足の指先を観察したりとさまざまなことをしていた。

だが、ルチアにはどれもはじめての経験だったから、すべてが終わる頃にはへとへとに疲れきってしまっていた。

ところが、診察を終えた直後、

「――少なくとも、ルチアさまは虚弱な体質ではなさそうです」

サイラスから思わぬ結果が言い渡された。

「ど、どういうことですか？」

ルチアは驚いて思わず聞き返してしまう。何かの間違いではないかと、耳を疑う内容だった。

「脈は正常ですし、顔色も良好です。肌や髪には艶があり、爪なども磨いたように美しく、青みがかった白目は健康そのものと言っていいでしょう」

「健康…そのもの……？」

「念のためお聞きしますが、これまで何か自覚症状はありましたか？　たとえば、疲れやすいとか胸に痛みが走るなど、そういったことです」

「……それは……」

言われて考えてみるが、ルチアはすぐに答えられない。

疲れたと思うことはあっても、頻繁に感じるわけではなかった。

胸に痛みが走るというのもないわけではないが、考えてみれば心臓そのものが痛いと感じたことはなかった気がする。どちらかといえば、心が傷ついたときに感じるような痛みだった。

「……自覚症状は……わかりません。オセ先生がそうおっしゃっていたので、私はなるべくベッドで休むようにしていて……」

「あぁ、公爵家の専属の医者はオセ先生でしたね」

「そう、です……。オセ先生は名医と評判のお医者さまです。だから私は先生の言うとおりにずっと……――」

ルチアは声を震わせて答えるが、途中でハッと息を呑んだ。

話をしている途中で、公爵家でシオンと肌を重ねた夜のことを思い出し、それ以上言葉にできなくなってしまったのだ。

――あの夜はシオンに追いかけられて、屋敷を駆け回っていたのに息が少し上がった程度だったわ……。

それだけでなく、あれほど激しく抱かれたあとに馬にも乗っていた。

サブナック家の屋敷に着いた頃は疲れきっていたけれど、それは病弱とは違う気がして、ルチアは考えれば考えるほど何も答えられなくなっていく。

「しばらく経過を見ましょう」

「……はい……」

ルチアはもう頷くことしかできない。

診察を終えたサイラスが「また伺います」と言い残して部屋から出ていったが、ぼんやりと床を見つめて、いなくなったことにもしばらく気づかなかった。

パタンと扉が閉められると、部屋は水を打ったように静かになる。

あまりに静かすぎて、公爵家の自分の部屋にいるような錯覚を起こしそうだった。

「さすがに真逆の結果を言い渡されるとは思わなかったが、果たしてどちらの言っていることが正しいんだろうな」

「……ッ」

不意にシオンの声が部屋に響き、ルチアは弾かれたように顔を上げた。

いつの間にか、サイラスがいない。

シオンに目を戻すと、彼は観察するような目でルチアをじっと見つめていた。

オセとサイラス、果たしてどちらが正しいのか、彼は暗にそう問うているのだろう。ここで何も否定しなければオセに対する疑念を認めたも同然だと思い、ルチアは慌てて首を横に振った。

「オセ先生は立派なお医者さまです！　周りが私をどんな目で見ても、先生は分け隔てなく接してくださいました。私は身体が弱いからと、いつも気にかけてくれて……。どんなに忙しくても毎日来てくれて、本当によくしてもらったんです……っ！」

「……そうだな。何せ、毎日来て手や脚を揉んでくれたくらいだ」

「そ…、そうです。先生に揉んでもらうと身体が温かくなったし、ちゃんと効果があるんです」

「さっきも同じようなことを言っていたが、身体を温めることだけを目的に揉んでいたのか？」

「そう…だと思います。私の身体は冷えやすいとおっしゃっていました。私が思う以上にこの身体は深刻な状態だと……。心臓に負担がかかっているから、何もしなければ子供を産むことすら難しくなるって、先生はとても心配して…――」

「ははは……っ」

「!?」

ルチアが必死で説明していると、シオンは唐突に笑い出す。

一体何がおかしいのだろう。

ルチアは驚いて、途中で言葉を呑み込んでしまう。彼が何を笑っているのか、よくわからなかった。

「それは大変だ。オセ先生が毎日来るのも無理はない」

「え？　え、えぇ……」

「だが、そうなると、今の状況は問題だな。残念ながら、ここにはそのオセ先生がいない。誰かが代わりを担うべきだが、サイラス先生は帰ってしまったしな……」

「それは……」

何日か欠かしても大丈夫なはずだ。

実際、ここしばらく、ルチアは噂を気にしてオセの治療も軽めにしてもらっていた。

頭の隅でそう思ったが、それでは忙しい中をオセが毎日来てくれていたことを否定することになる。サイラスに自覚症状を聞かれても答えられなかった時点で疑念を強く持つべきだったのだろうが、ルチアはどうしてもそれを認められなかった。

「あぁ、なら俺がやればいいのか」

「……え？」

「そうだ、それがいい。これからは俺が毎日やってやる」

シオンはそう言って、名案だと言わんばかりに頷いている。

「シオン……ン……？」

――どういうこと？

首を傾げていると、シオンはルチアのいるベッドに近づいてくる。

彼はすぐ傍まで来たところでルチアの右手を掴み、自身の柔らかな唇を手の甲にそっと押し当ててきた。

「な…、何…を……」

「何って、言っただろう？　これからは、俺がルチアの身体を揉んでやるよ」

「で、でも、今のは揉むのとは違うのでは……」

「挨拶みたいなものだよ。いきなりやったら驚くだろう？」

「そうかもしれませんが…――、あ…っ!?」

いきなり身体を揉むと言われても、心の準備ができていない。

それなのに、シオンはルチアの右手の甲に口づけたあと、おもむろに手首を揉みはじめた。慌てて手を引こうとすると、彼はすかさず手首を掴み、肘や上腕をやんわりと揉み込んでいく。

――こ…、こんなことって……。

ルチアは顔を真っ赤にして彼の手の動きを目で追いかける。

シオンが少しでも力を込めればただでは済まないだろうが、痛みはまったく感じない。

オセと同じような動きで、驚くほど優しい手つきだった。

それにもかかわらず、なぜかオセにしてもらっていたときとは感覚が違う。

「……あ…、あの、シオン……っ、これは医術の心得がなくてはできないことだとオセ先生が……ッ」

「へぇ、それはよかった」

「よ…かった？」

「実は、俺にも多少医術の心得があるんだ」

「えっ!?」

そんなことを聞いたのははじめてだった。

シオンが嘘をついているのではと密かに思ったりもしたが、緩急をつけて揉まれているうちにぽかぽかと手や腕が温かくなってくる。

——騎士だから、医術の心得があるとか……？

戦闘になって怪我をしたとき、必ずしも医者に診てもらえるとは限らない。

必要最低限の知識として身に付けた技術だとしたら、彼の言葉に甘えたほうがいいのだろうが、ルチアは簡単に身を預けることができなかった。

「や……っ」

シオンが脚に手を伸ばしてきた途端、ルチアは反射的に身を捩った。

ベッドの上に逃げると、急いで彼と距離を取る。これ以上触られたら、平静を装うことすらできなくなりそうだった。

「ルチア？」

「ご、ごめんなさい……」

「……俺のこと、嫌か……？」

「違…ッ、違います！」

「なら、どうして逃げるんだ？」

「だって…、だって、恥ずかしいから……っ」

「恥ずかしい？　オセ先生には毎日してもらってたんだろう？」

「そうですけど、シオンがすると全然違うんです……。オセ先生のときはこんなことなかったのに、シオンだと恥ずかしいんです」

ルチアは彼に触れられた右腕を擦りながら目を逸らす。

恥ずかしくて、シオンをまともに見ることができない。

右腕全部が熱くて、そこから全身にじわじわと熱が広がっていくようだった。

「なんで俺だと恥ずかしいんだろうな」

「わ…、わかり……ません……」

「不思議だな」

「……は…い」

ルチアは目に涙を浮かべて頷く。

すると、シオンはくすりと小さく笑い、不意にルチアに手を伸ばす。

左手首を摑まれ、驚いて顔を上げると、足下を指差して軽く窘められた。

「ルチア、靴を履いたままだ」

「ほら、ここに戻って。俺が靴を脱がしてやるから」

「え、え…、でも……」

「早くおいで」

「あ…、は、はい」

できれば戻りたくなかったが、靴を履いてベッドに上がったのは自分だ。

だからといって、シオンに靴を脱がしてもらうのは気が引ける。

ならば、自分で靴を脱いですぐにまた彼から離れればいい。

そんなことを考えながら、ルチアはベッドの端に戻って足を床に置く。

そのまま身を屈めようとしたが、それより先にシオンが床に膝をついて靴を脱がしはじめてしまった。

「あのっ、自分でやりますから……っ」

「これくらい気にするなよ」

「でも……、ン……ッ」

シオンはまるで跪くような姿勢でルチアの靴を脱がせていた。

しかし、ふくらはぎや足首に触れられて、ルチアは慌てて自分の口元に手を当てる。そうしないと、変な声が出てしまいそうだった。

「……ついでだから、このまま脚を揉んでやる」

「……あ」

「……ッ」

思わぬ言葉にルチアは目を見開く。

驚いてベッドの上に戻ろうとしたが、シオンは足首を掴んで放してくれない。

それから彼はすぐにルチアのつま先から踵、足の甲を親指の腹で押して、ふくらはぎや膝を揉んでいく。反対の脚も同じように揉まれたが、彼が触れた場所はどこもかしこも温かいを通り越して熱くなっていた。

ルチアは口元を手で押さえながら、懸命に声を押し殺す。

ベッドの上に逃げたいのに、彼のすることにどうしても逆らえない。

いつの間にか、膝までドレスを捲られていたが、それすら気づけないほどルチアは声を抑えるのに必死だった。

「ルチア、少し脚を広げて」

「え……」

「このままだとやりづらいんだ。だから、少しだけ…な？」

「……あ……っ」

少しだけと言いながら、彼は思いのほか大きく開脚させて自身の身体をルチアの股の間に割り込ませてくる。

ルチアは上半身がぐらついて仰向けに倒れそうになったが、ベッドに手をついてなんとかバランスを取り直す。

しかし、その拍子に脚の付け根近くまでドレスが捲れてしまい、ルチアは慌てて隠そうとした。

「大丈夫、ここには俺しかいない。隠さなくてていいから……」

「あぁ……ン……ッ」

直後、シオンはルチアの手を取り、空いているほうの手で太股を撫で擦っていく。

ルチアは肩をびくつかせ、思わず甘い声を上げてしまう。

ベッドについた手は片方だけとなって、少し気を抜くと身体がぐらついた。

シオンはそんな様子に目を細めると、指先をスカートの中へと潜り込ませ、脚の付け根部分や腰回りを指でなぞっていく。下腹部の肉をつままれ、やんわりと揉まれているうちにルチアの顔は朱に染まって全身が燃えるように熱くなっていた。

――こんなこと、オセ先生はしなかったわ……。

オセが触るのは精々膝上までで、スカートもそれ以上は捲らなかった。

「ン…、う…ン、ん」

どう考えても、これは治療じゃない。

そう思いながらも、ルチアは何一つ抵抗しない。

シオンに口づけられると、その柔らかな唇の感触に、また甘い声が出てしまう。

角度を変えて触れるだけの口づけが繰り返され、首筋に唇を押し当てられて、少し強めに肌を吸われる。鬱血の痕が広がって微かな痛みを感じたが、それでもルチアは抵抗らしき抵抗をしなかった。

――だって、好きな人に触れられているんだもの……。

はじめて会ったときから、ずっと彼を想い続けてきた。

好きで好きで、密かに恋い焦がれるだけで精一杯だったから、こういった行為について考えたこともなかったが、嫌なわけではないのだ。

恥ずかしいだけで、抵抗したいわけじゃない。

そんなことをしたら、二度と触れてもらえなくなってしまう気がした。

「あぁ…う……ッ、ああ…ぁ……」

ややあって、シオンの手がドロワーズ越しにルチアの中心に触れる。

いたずらをするように指先で縦に擦られ、ルチアは熱い吐息を漏らして淫らな嬌声を上げていた。

「ルチア、もしもこの手があの男のものならどうする？」

「ん…ぁ…、あの…男……？」

「オセ先生のことだよ。これがあの男の手だったら、ルチアはどうする？」

「や……、先生…は、こんなことしな…い……」

「本当にそう思うか？　絶対に邪な気持ちはないと言い切れるか？」

「ン…、ンっ、あ…あぁう……ッ！」

シオンは何を言いたいのだろう。

どうしてここでオセが出てくるのだろうか。

ルチアは困惑しながらも、彼の淫らな手つきに逆らえない。

中心部分に指を突き立てられ、入り口の辺りを刺激しながら唇をぺろりと舐められる。

間近で見つめる翡翠色の瞳が妖しく煌めき、心臓を鷲摑みにされたように苦しくなった。

――この手がオセ先生だったら……。

そんなこと、考えたくもない。想像することさえ心が拒絶していた。

リチャードは？　ラッセルなら……？　心のどこかで問いかける自分がいたが、やはり考えることなどできなかった。

「あぁ…あ、シオン、シオン……ッ」

今はもうシオン以外は考えられない。

たった一度好きな人に抱かれただけで、なんて贅沢になってしまったのだろう。

ベッドについたルチアの手から力が抜けていく。

少しずつ身体が後ろに倒れ、その間、ルチアは公爵家での情事を思い出しながら快感に喘いでいた。あれから二日しか経っていないのに、ずいぶん前の出来事のように思えてならなかった。

シオンはそんなルチアを追いかけるようにベッドに膝をつき、嬌声を上げる小さな唇を奪う。指先は中心を弄び続けていて、溢れ出した蜜でルチアの下着にいやらしいシミが広がっていた。

「ルチア、人は誰しも裏表があるものだ。おまえの見てきたものは、どっちだったんだろうな……？」

「ふ…ぅ、ん、あ……」

私が見てきたものって……？

シオンは、オセ先生が嘘をついていたと言いたいの……？

ルチアは舌を搦め捕られながら、シオンをじっと見つめる。

わからない。そんなふうに思いたくない。

けれど、サイラスの診断が間違っているとも思えない。

シオンは彼のことを『腕がいい』と褒めていた。シオンの認める医者なら、ルチアも信じたかった。

「ルチア、よく考えるんだ」

「あぁ、あ、や……っ」

「おまえは本当に病弱なのか？　心臓が弱いなら、どうして公爵家の屋敷を走り回ることができたんだ？　俺に抱かれたあとに、馬に乗ることなんてできるものなのか？」

「……ッ、ン」

「考えるんだ。何を信じるべきか見定めろ。怖がる必要なんてない。おまえは何も悪くないんだ」

「シオ…ン……」

真剣な眼差しで囁かれ、ルチアは息を乱しながら涙を零す。

——ほんとう…に……？

自分は何も悪くないなんて、そんなこと思っていいのだろうか。

そんなふうに言ってくれた人は彼以外にいない。ルチアはぽろぽろと涙を零しながら、彼の口づけを受け止めていた。

「んぅ…ふ…、ん、ん」

「ルチア、もう泣くな。苦しいことなんてそう続くものじゃない」

シオンはルチアの頬に手を当てると、言い聞かせるようにそう続けた。

もう完全に涙腺が崩壊して、ルチアは嗚咽を漏らして彼にしがみつく。

シオンはしばし押し黙っていたが、少ししてルチアの頭を躊躇いがちにぽんぽんと優しく撫でた。

——また、あのときと同じ……。

三年前、出会ったときのことが鮮明に蘇る。

公爵家に行きたくなくて街を彷徨っていたルチアの気持ちを汲んで、こうやって彼に慰めてもらったのだ。

労るような優しい手つきに、ルチアの胸がきゅうっと切なくなる。

きっと、彼は今とても大事なことを言ってくれたのだろう。

ルチアが疑問から目を背けていると気づいて、そのままにするなと教えてくれたのかもしれなかった。

「っは、ああ……ぅ」

シオンはルチアに舌を絡めながら、不意にドレスの下に手を潜り込ませて直接乳房を揉みしだいてきた。

彼が胸を揉むたびにドレスの胸部も淫らに動き、衣擦れの音が響き渡る。

そのうちに布がずり上がって乳房があらわになり、上半身はほとんど裸のような状態になっていく。シオンは僅かに身を起こすと、乱れたドレスを一気に捲り上げ、ルチアをドロワーズ姿にしてしまった。

「あ……、あぁ……」

恥ずかしがる間もなく、彼は間髪を容れずドロワーズの腰ひもを解いていく。

腰元が緩んで心もとなくなったところで、ドロワーズの裾部分を摑まれ、少しずつ引きずり下ろされていった。

だが、お尻の辺りで布が引っかかり、シオンはルチアの腰に腕を回して隙間を作ってから、もう一度裾を引っ張って膝まで下ろす。彼はベッドに両膝をついた姿勢で身を起こすと、ドロワーズを完全に脱がしてルチアを生まれたままの姿にした。

「ルチアのココ、どろどろだ……」

「ひあぁ……ッ」

シオンは食い入るように秘部を見つめ、指先でなぞり上げる。

背を反らして嬌声を上げるルチアの様子にごくりと喉を鳴らし、彼はそのまま二本の指を中心に差し込む。いやらしく蠢く内壁を指の腹で擦りながら、細い足首を摑んでさらに開脚させた。

「あぁぅ…ッ！」

お腹の奥から蜜がとめどなく溢れ、彼の手首まで濡らしていく。

ルチアは羞恥に身悶えるが、両手で自分の顔を覆うことしかできない。

「――っは、ぁ……ッ!?」

しかし、不意にぴちゃ…っと濡れた音が響き、ルチアの秘部に温かく滑ったものが触れた。

――なに……？

ルチアは肩をびくつかせながら頭を傾ける。

見れば、シオンがルチアの秘部に顔を埋め、敏感な芽を舌先で捏ね回していた。

「すごい…な。いくらでも奥から溢れてくる……。こんなに舐め取ってるのに、きりがない」

「そ、そんな……、あぅっ、ひぁああっ！」

いつしかシオンは入り口にも舌を這わせ、指を出し入れしながら溢れ出す蜜をすべて舐め取ろうとしていた。

ルチアは激しく乱れ啼き、びくびくと内壁を痙攣させる。

――シオンの綺麗な唇が、私のあんなところを……。

あまりに淫らな光景から目を逸らせず、ルチアは快楽に呑まれるのを感じながら、自分の秘部を舐め尽くす彼の舌の動きを食い入るように見つめていた。

「……ルチア、もうイきそうなのか？」

「ン、あっ、あっあぁ……ッ」

「まだだめだ。あと少し我慢しろ」

「や…ああ……ッ」

ルチアの反応で限界が迫っているとわかったのだろう。彼は舌先で襞を軽く刺激すると、そこで動きを止めて身を起こした。

けれども、ルチアのほうは突然動きを止められて何が起こったのかわからない。

身体の奥が切なくて涙をぽろぽろ零すと、シオンは苦笑しながら自身の下衣に手をかけ、前を寛がせる。

熱く猛った彼のものがあらわになり、先走りで濡れた先端を躊躇（ちゅうちょ）なくルチアの中心に押し当ててきた。

「ルチア、いいか……？」

「あ、あぁう、ふ、あ、あ……」

ルチアは息を詰めて、こくこくと頷くのが精一杯だ。

シオンのほうも激しく息を乱して、切羽詰まっているのが見て取れる。

徐々に内壁が押し広げられ、彼の怒張が奥へと進んでいく。ルチアの膝裏に腕を回すと、彼はぐっと腰に力を込めて一気に最奥まで貫いた。

「あぁぁ――――……ッ」

「――……う……」

ルチアは喉を反らして悲鳴に似た嬌声を上げる。

びくんびくんと激しく痙攣する内壁の感触に、シオンも何かに堪えるように低い呻き声を上げていた。

「……まだだめだと言ったのに」

ややあって、深く息をついて呼吸を整えると、彼は口元を歪めてそう囁く。

「あ…う、ああ……、あ、あ……」

ルチアは涙を零して息を震わせる。

彼のものを挿れられただけで、呆気なく果ててしまったのだ。

「ン……ッ！」

ところが、『ごめんなさい』と言おうとした途端、シオンは唐突に腰を大きく前後させた。

ルチアは肩をびくつかせ、弓なりに背を反らす。

続けて腰を前後に動かされ、奥を突かれるたびにルチアの身体はベッドで跳ねる。

達したばかりでまだ身体が敏感になっていたから、強すぎる刺激にどうにかなってしまいそうだった。

「ああっ、ひああっ」

「ルチ…ア……」

「ン、あっ、ああ、シオン……っ」

シオンは吐息交じりの掠れた声で腰を揺らしながら、ルチアを見下ろしていた。

苦しげにひそめられた眉は色っぽく、濡れた瞳は妖しい光を放っている。

繋がりを深くするためなのか、彼はルチアの膝裏を抱えると、円を描くように腰をくねらせてから最奥を突き上げてきた。

「あぁぅっ！」

ルチアは堪らず身を捩って激しく喘ぐ。

本格的に抽送がはじまり、肌がぶつかるたびにいやらしい水音が部屋に響き渡る。

はじめのうちは少し苦しかったが、そのうちにルチアの身体は彼を求めて再び熱を持ち、抽送に合わせて自ら腰を揺らめかせていた。

——私…、なんてはしたないことをしているの……？

羞恥心を抱きながらも、自分の意志ではもう止められない。

シオンが自分を求めてくれていると思うだけで快感が止まらなくなる。彼をこんなに近くに感じられるなんて、この上ない幸せだと思った。

「シオン、シオン……ッ」

「……っく、ルチア、そんなに締める…な……」

シオンに触れたくなって手を伸ばすと、その手を摑まれてぐっと引き寄せられる。するとベッドに沈んだ身体も引っ張り上げられて、シオンの膝に乗った状態で今度は下から突き上げられた。

「あぁあああっ」

ルチアは甲高い嬌声を上げ、逞しい胸板にしがみつく。

シオンはそんなルチアの首筋に顔を埋め、赤い痕に唇を押し付けてから耳たぶを甘噛みする。荒々しい呼吸でルチアの耳元に熱い息がかかり、無意識に身を捩ろうとしたが、彼はすかさず腰を摑んで全身を揺さぶってきた。

「ふ、あ、あっ、あぁぁっ」

「ルチア、もっと近くに……っ」

「んんぅ、あッ、んっ、ンっ、あああああっ！」

そんなことを言われても、これ以上はどうやっても近づけそうにない。

ルチアは涙を零しながら、彼の律動に身悶える。シオンが望むのなら、いっそがんじがらめにされても構わなかった。

「はっ、あぁっ、シオン…ッ、私、もう……」

「限界…か……？」

「も…、我慢できな……っ」

「……なら、今度こそ一緒に……」

「シオン、シオン、あっあっ、あぁああぁ……っ」

限界を訴えると、突き上げる腰の動きがさらに速められる。

ルチアは喉を反らして喘ぎ、彼の動きに合わせて自分でも腰を揺らした。

もう羞恥心も無くなり、ルチアはただ彼を求めて啼き続ける。次第に目の前が白んできて、意識が飛びそうになりながらも快感を求め合った。

——シオン、シオン、シオン……。

ルチアは絶頂の予感に息を震わせ、シオンの唇に自分の唇を押し付けた。

そうすると、彼の瞳は獰猛な光をたたえ、全身を小刻みに揺さぶられて奥のほうを激しく擦られる。ルチアは下腹部を激しく痙攣させ、狂おしいまでの快楽の波に攫われるのを感じた。

「あぁっ、あああっ、あぁああ——……ッ！」

「——……っ……ぅ……ッ」

ルチアは激しい絶頂にわななく。

その耳元で、シオンもまた押し殺した呻き声を上げていた。

サラサラの黒髪が肌に当たり、そんな刺激さえ快感に変わってしまう。

ルチアは身体が軋むほどきつく掻き抱かれながら、揺らぐ意識の狭間でお腹の奥に熱いものが広がっていくことにこの上ない幸せを感じていた。

「あ…、ぁ……」

「……ルチ…ア……」

それから程なくしてシオンは息を乱しながら頬や瞼に口づけてくる。

柔らかな唇の感触が心地よくて、ルチアの意識はみるみる遠ざかっていく。

──まるで本当の夫婦になったみたい……。

もしかしたら、この幸せは明日には消えてしまうものかもしれない。

たとえそうだとしても、自分はこの時を絶対に忘れることはないだろう。

『ルチア、ルチア』と優しく響く囁きに目を閉じ、ルチアは彼の胸に完全に身を委ねた。

こんなにも満たされた気持ちで眠りに就くのは、生まれてはじめてのことだった。

第六章

「――なんて綺麗な景色……」

サブナック家の屋敷に来てから二週間が過ぎ、その日もルチアは屋敷の窓からぼんやりと外を眺めていた。

シオンは朝食後に執務室に行ったきりだ。

だから、ルチアは彼が執務を終えるまで屋敷の中を散歩して、廊下の窓から庭を眺めてのんびり過ごしていた。

――公爵家では、庭の風景を見てもこんな気持ちになったことはなかったのに……。

こうしていると、静かな屋敷に時折使用人たちの笑い声が響いて、なんとも微笑ましい気持ちになる。サブナック家では家令や執事も皆朗らかで、ルチアを奇異な目で見ることはなくいつもにこやかに接してくれた。

公爵家では使用人が笑っているところをほとんど見たことがなく、ぴりぴりしている者も多かったから、この二週間はサブナック家とのさまざまな違いに内心驚いてばかりだった。

今頃、公爵家はどうなっているだろう。

自分がいなくなって、少しは騒ぎになっているだろうか。

ふと、そんなことを考えて、ルチアは自嘲気味に目を伏せる。

自分のことなど、誰が気に留めるというのだ。

心配してくれる人がいるとしたら、きっとオセくらいだろう。あの場所では唯一彼だけがルチアを気にかけてくれていた。

「だけど、私の身体はオセ先生が思うほど弱くなかったみたい……」

ルチアはぽつりと呟き、自分の手を日に向けてかざしてみた。

血色のいい肌、艶やかな爪。

改めて見てみると、素人の自分でも病弱だとは思えない手だった。

サブナック家に来てからは、これといった不調も感じていない。

食事は以前より美味しく食べられるようになったし、一日中起きていても別になんともない。サイラスにもあれから何度か診てもらったが、『健康そのもので何よりです』と毎回太鼓判を押されていた。

――シオンに抱かれて寝込むようなこともないし……。

ルチアは自分の首筋を指で撫でて顔を赤くする。

シオンはいつも同じ場所に赤い痕をつけるから一向に薄くならない。

彼は、これから毎日手脚を揉んでくれると言っていたが、結局それが淫らな行為をするための合図となってしまっている。毎日彼と同じ部屋で過ごし、激しい情交を繰り返すうちに今では当たり前に受け入れるようにもなっていた。

赤い痕はかろうじて髪で隠せるものの、着替えのときには侍女に見られてしまうので『子供のときからの痣』だと誤魔化している。とはいえ、ルチアが真っ赤になって言い訳するたびに侍女も同じように顔を赤くしているから、もしかしたら誤魔化せていないのかもしれない。

なんにしても、今のところ健康状態は特に問題がない。

本来それはとてもいいことなのだが、ならばオセの診断はなんだったのかという考えにどうしても行き着いてしまう。公爵家で過ごしていた三年間、ルチアが息をひそめるように過ごしてきたのは、オセに心臓が弱くて虚弱体質だと言われたからという理由もあったのだ。

「……あら？　誰かいらしているのかしら……」

そのとき、ふと、どこからか話し声が聞こえてきた。

声のする方角からして、おそらく玄関ホールからだろう。

微かにシオンの声がしたので聞き耳を立ててみたが、ここからではほとんど聞き取れない。それにもかかわらず、緊張感のようなものだけは伝わってきていた。

た。

　――何かあったのかしら……。

　ルチアは考えを巡らせると、躊躇いがちに声のするほうに歩き出す。

　一人で外に出るのはだめだが、屋敷の中は自由に歩き回っていいとシオンに言われてい
た。

　こっそり陰から様子を窺うだけなら大丈夫だろうか。

　そう思いながら、ルチアは玄関ホールへと向かった。

「――今日はあなたまで来たんですか……。何度も申し上げたとおり、ここには我々しか
おりません」

　玄関ホールに近づくと、ため息交じりのシオンの声が聞こえた。

　ルチアは自分の姿が見られないよう柱に身を隠して、玄関ホールの様子を窺った。

「……ッ！」

　そこで目にした光景にルチアは思わず息を呑む。

　――どうしてオセ先生がここに……？

　客人の応対に当たっていたのはシオンとセオドアだったが、その二人の前には数名の兵
士を従えたオセがいたのだ。

　ルチアは状況が呑み込めずに激しく動揺する。

　兵士だけならまだしも、オセが来ているのはなぜだろう。

　しかも、シオンの口ぶりからして、兵士たちがここに来るのは今日がはじめてではなさ

そうだった。

「連日の訪問でご迷惑をおかけしていることはわかっています。ここにはあなた方しかおられないという話は私も使いの者から聞いておりますが、どうしても気になったもので、こうして直接伺うことにしたのです」

そう言うと、オセは屋敷の中をぐるりと見回した。

ルチアは慌てて柱に引っ込んで息をひそめる。オセのいるところから見えるとは思えなかったが、絶対に大丈夫とは言い切れなかった。

「オセ先生は何が気になったのでしょうか。まさか、我々が嘘をついているとでも？」

「そうは言っていません。気を悪くしたなら謝ります」

「謝罪がほしいわけではありません。こうして疑われている現状に憤っているんです。毎日のように兵士を寄越され、横柄な態度をぶつけられて辟易(へきえき)していると言えばおわかりいただけますか」

「……それは、重ねて謝罪しなければなりませんね。兵士たちには、あとでしっかり言っておきますのでお許しください」

「オセ先生、頭を下げるのはやめてください。俺はそんなことは望んでいません」

いきなりオセが頭を下げるものだから、シオンやセオドア、周りの兵士たちも戸惑っている。普段からオセは偉ぶるような人ではないが、兵士たちの代わりに頭を下げるなど誰も想像していなかったのだろう。

しかし、あれこれ問答を繰り返しながら、話は堂々巡りになっている。

シオンやセオドアはオセたちを中に招き入れる気はないようで、玄関ホールから動こうとはしなかった。

「ならばオセ先生。一つお聞きしますが、俺がルチアさまを連れ帰ったという証拠はあるんですか？」

「証拠？」

「たとえば、俺と彼女が一緒のところを目撃した者がいた……、といったことです」

「……いいえ、そんな証拠はありませんよ」

シオンの質問に、オセは小さく答える。

あの夜、自分たちを目撃した者がいるとすれば、ルチアと裏門で待ち合わせていたオセしかいない。そのオセが証拠はないと言っているのだから、やはりあのとき彼はまだ裏門に来ていなかったのだろう。ルチアが目を凝らして確かめても、裏門には誰の姿も確認できなかった。

「わかりました。今日はこれで帰ることにします」

オセは小さく息をついて一歩下がる。証拠もなく疑いをかけているとあって、これ以上話がこじれる前に一旦引くつもりのようだ。

「……あぁ、帰る前に一つだけ忠告しておきましょう」

だが、外に出ようとしたところでオセは動きを止める。

何か思い出したように振り向き、シオンとセオドアに微笑みかけた。

「もしも、あなた方がルチアを隠していたなら、相応の罰が下ることを覚悟してください。ただでさえ、アンドリウスさまはセオドアさまに厳しいのですから……」

「……心得ております」

オセの言葉に、セオドアは掠れた声で答える。

――どういう意味かしら……。

アンドリウスがセオドアに厳しい？

父がサブナック家を殊のほか信頼していることは知っていたが、そういったことはこれまで聞いたことがなかった。

「――……ッ」

考え込んでいると、オセは再び屋敷の中をぐるりと見回す。

ルチアは息をひそめ、柱の陰で身を固くする。

しばしオセは無言で屋敷の中を見渡していたが、不意に問いかけるようにぽつりと呟いた。

「ルチア……？」

問いかけに答える者はいない。

屋敷の中はしんと静まり返ったままだ。

オセはじっと様子を窺っていたが、ややあって片手を上げて兵士と共に引き上げていく。

なんの応答もなかったので諦めたようだった。

——今の…、私を呼んだの……？

ルチアは口元を手で押さえて肩を震わせる。

心臓がドクンドクンと音を立てて苦しかったが、ルチアは玄関ホールからオセや兵士たちの気配が無くなるまでその場に留まっていた。

それから程なくして、シオンとセオドアが玄関ホールから戻ってくる。

「……え、ルチア？」

柱の陰に隠れていたルチアに気づき、二人は目を丸くしていた。

「もしかして、今の話を聞いていたのか……？」

「ご…、ごめん…なさい……」

「いや、責めてるわけじゃないんだ。オセ先生が来たのに、出て来なかったのかと思ってな」

「私…が……？」

「あぁ、帰り際なんて、どう見てもルチアに呼びかけていただろ？」

言われてみれば、そうだった。

オセに呼ばれたのに、なぜだか出ていこうとは思わなかった。

話の内容からして、自分が出ていけばシオンたちが大変なことになると想像できたというのもある。しかし、ルチアは玄関ホールでオセを見たときから、出ていく気なんてなかったのだ。

「……私……、ここに…、いたかったんです……」

「ルチア……」

「もう、あそこに戻るのは嫌……、シオンと離れたくなかったんです」

ルチアは柱の陰で身を固くしたまま震えた声でそう答えた。

このままずっと、サブナック家にいたい。

公爵家になんて戻りたくない。シオンとずっと一緒にいたいと、ただそれだけの簡単な答えだった。

シオンもセオドアも驚いた様子で目を見張っている。ルチアからこんなことを言い出すなんて思っていなかったのだろう。

「……ルチアさま、あなたにお話ししたいことがあります。これから少し、お時間をいただけませんか?」

長い沈黙の末、不意にセオドアが口を開く。

見れば、やけに真剣な眼差しでルチアを見つめていた。

「父上、それはまだ早いんじゃ……」

「いや、そうも言っていられないだろう。おそらく、私たちにはあまり時間が残されていない。オセ先生が出てきたということがそれを物語っている」

「それはそうですが」

一体、なんの話をしているのだろう。

ルチアは二人が何を言っているのか、まったくわからなかった。

しかし、セオドアが何かに焦っているのはそれとなく伝わってくる。

これまで彼とは食事の時間くらいしかまともに話したことがなかったが、こんなふうに険しい表情を見せたことは一度もなかった。

「ルチアさま、お時間をいただけますか？」

「……わ、わかりました」

まっすぐな眼差しにルチアは戸惑い気味に頷く。

わざわざ自分に話があるなんて、きっとよほどのことだ。

シオンはなんとも言えない複雑な顔をしていたが、ルチアが承諾してしまったので諦めたのだろう。彼はルチアの手を取ると、「大丈夫だ」と囁き、セオドアの話を聞くために皆で居間へと向かったのだった。

「——実は、この話をあなたにするかどうか、ずっと迷っていたんです」

セオドアは居間の扉を開けると、ルチアとシオンを中に促しながら自嘲気味にそう笑った。

だが、そう言われても、ルチアはどんな話か想像もつかない。

はじめはシオンとの将来の話かと思ったが、オセが訪ねてきたことを気にしていたのでたぶん違う話なのだろう。『私たちにはあまり時間が残されていない』と言っていたことが妙に引っかかっていたが、ルチアにはそれがどんな意味を持つのか考えてもわからなかった。

――シオンは私に話すのはまだ早いと言っていたけど……。

あれこれ考えていると、ルチアは椅子に促されて腰掛ける。

シオンとセオドアはテーブルを挟んだ向かい側に座り、二人の視線が自分に向けられたことでルチアは急に緊張しはじめた。

「これから話すことは、私の昔話です」

「……セオドアさまの？」

「そうです。しかし、ルチアさまにも深く関係する話でもあります」

「どういうことでしょうか……？」

セオドアの話に、ルチアは困惑してしまう。

彼の昔話が自分とどう関係するというのだろう。

これまで特に接点がなかったから、まったくの予想外だった。

「いきなり本題に入っても混乱させてしまうと思いますので、まずは私がまだ王国騎士団にいた頃のことからお話ししてもよろしいですか？」

「は、はい、もちろんです」

「すみません。もっと簡潔に話せればいいのですが、私はどうも頭が固くていけません」

「あの、気になさらないでください。セオドアさまのお話ししやすいようにしていただければそれで……」

「ありがとうございます」

セオドアは恐縮した様子でルチアに頭を下げる。

本当に真面目な人だ。彼はルチアに対していつも畏まった言葉遣いで、決してそれを崩そうとはしないのだ。

きっと、公爵の娘という考えが前提にあるのだろう。シオンも真面目ではあるのだが、ルチアに対してはあまり遠慮がないことを思うと、親子でも性格はずいぶん違うようだった。

「――あれは、もう二十年以上前のことです。あの頃は私もまだ若く、王宮近くに居を構えておりました。当時の国王陛下には大変目をかけていただき、私は早くから王国騎士団の指揮を任されていたのです。サブナック家は古くから王家に仕える軍人の家系だったこともあり、そのことは誇りでもありました。仕事も順調で、将来を誓い合った婚約者もいたため、彼女が十七歳の誕生日を迎えたときに結婚しようと決めていたのです。彼女は、とても美しく聡明な女性でした。私のことを誰よりも理解してくれるかけがえのない人でもありました……」

ルチアはセオドアの話を頷きながら聞いていた。

サブナック家が以前から公爵領に居を構えていたわけではないことは、それとなくだが知っている。

シオンも、この屋敷は先代の国王から譲り受けたものだと言っていた。

もしもセオドアが公爵領に来なかったら、ルチアがシオンと出会うこともなかったと思うと不思議な巡り合わせだった。

――セオドアさまは、シオンのお母さまをとても愛していらしたのね……。

愛し合う両親から生まれたから、シオンはまっすぐで思いやりがあるのかもしれない。

そう思ってシオンに目を移すと、彼はなぜか硬い表情で唇を引き結んでいる。

ルチアの視線に気づいてハッと表情を緩めたが、どういうわけか目を逸らされてしまった。

「ところがあるとき、国王陛下の弟君のアンドリウスさまが公爵領を任されることとなり、思わぬ勅令が私に下されたのです。それは、アンドリウスさまと公爵領に行ってほしいという陛下からの直々のご命令でした。『おまえを手放すのは片腕をもがれるようだが、かわいい弟のたっての願いだ。どうか今後はアンドリウスのもとで力を尽くしてほしい』と――。アンドリウスさまとはそれほど親しくさせていただいていたわけではなかったので驚き以外の何ものでもありませんでした。しかし、密かに自分を買ってくれていたのかもしれないと思うと喜ばしく、私は公爵領に骨を埋める覚悟で陛下からの勅令に従ったのです」

「それでセオドアさまは、お父さまのもとに来られたのですね」

「はい……、今では、あのときの前向きな気持ちを思い出すこともできないほど、落ちぶれてしまいましたが……」

「え……？」

落ちぶれて……？

意味がわからず、ルチアは目を瞬かせる。

すると、セオドアは気持ちを落ち着けるように深く息をつき、ぽつりぽつりと続きを語りはじめた。

「いざ公爵領に来てみると、私は事あるごとにアンドリウスさまに呼び出されるようになりました。それが働きを認めていただけるものであればよかったのですが、覚えのないことで叱責されるのは日常茶飯事……、不満の捌け口にされるために連れて来られたような日々でした。それでも公爵領の騎士団を指揮する立場を任されていたので、私は自分のすべきことはまっとうしようと思っていたのです……。ですが、遠征中でも使いの者がやってきては、アンドリウスさまの叱責を受けるためだけに戻されることも珍しくありませんでした」

「なんて酷いことを……」

「……私も精進が足りなかったのでしょう。そのうちに、ずいぶん前に大怪我を負った足が痛むようになり、アンドリウスさまに呼ばれても公爵家へ出向くことができなくなってしまったのです。情けなくも私はそのことに安堵していましたが、今度はアンドリウスさまのほうがこの屋敷を訪れるようになり……。そんなある日、私の婚約者が屋敷を訪れているときにアンドリウスさまと鉢合わせしてしまいました」

なんだか、聞いているだけで胃が痛くなる話だ。

この先に報われる出来事はあるのだろうか。せめて婚約者とだけは幸せになってほしいと思ってしまう。自分の父親とはいえ、ルチアはアンドリウスの横暴さに憤りしかなかった。

「あの日、アンドリウスさまは珍しく機嫌がよく、私の婚約者とも笑顔で話をされていました。しかし、よくよく思い返せば、アンドリウスさまはずっと彼女の動きを目で追い続けていたのです。私はそのことをもっと警戒すべきでしたが、あんなことが起こるまでなんの手も打たずに……っ」

「あんな……こと……？」

「アンドリウスさまは、ある日突然彼女の屋敷に現れ、嫌がる彼女を組み伏せて強引に自分のものにしてしまったのです……」

「――ッ!?」

「彼女はそのときの行為で妊娠し……、私たちは周囲からの大反対にあって婚約は破談となりました。その後、私は父が探してきた別の女性とすぐに結婚させられ……、あとになって彼女が流産していたことを知ったのです。……私は、本当に愚かな男です。周囲の反対があっても、どうして彼女の傍にいてやらなかったのかと、いまだに後悔の残る忘れられない出来事です……」

もはやルチアは言葉も出なかった。

あまりに悲惨すぎて吐き気すら催す話だった。

――どうしたら、そこまで酷いことができるの……。

横暴という言葉では片づけられないほどアンドリウスの行いは下卑たものだ。

そんなことをされたら、一生引きずってもおかしくない。アンドリウスを恨んでいたとしても文句は言えないはずだ。

それなのに、どうしてセオドアはアンドリウスの臣下で居続けることができたのだろうか。

――サブナック家は、ずっと王家に仕えてきたから……？

セオドアはとても真面目な人だ。

当時の国王陛下のことは、きっととても尊敬していたのだろう。

だからこそ、どんなに惨めな思いをしても我慢してきたのかもしれない。

先ほどセオドアが『落ちぶれてしまった』と言っていたのはサブナック家のことではな

く、王国騎士団の指揮を任されていた頃からは考えられないような彼自身の転落を意味していたのだ。

ルチアは息を震わせながら、セオドアを見つめた。

彼がどういった心境でこの話を自分にしようと思ったのかは、正直言ってまだよくわからない。

けれど、ここで父の代わりに罵声を浴びせられても致し方ないことだとは思う。

自分はアンドリウスと同じ血が流れているのだから、何を言われても逃げずに受け止めるしかなかった。

「あなたは、彼女…、イーリスによく似ていますね」

セオドアは目を細めてルチアにふと笑いかける。

「……え？」

——どういう…こと……？

どうして彼が母のことを知っているの……？

微かに潤んだ瞳で見つめられて、ルチアはこくっと喉を鳴らす。

とても恐ろしい考えが頭を過って、途端にカタカタと身体が震え出した。

「イーリスは、はじめの子は流産したものの、それから数年が経って女の子を産んだそうです。……ルチアさま、あなたのことです」

「……っ」

ルチアは目を見開き、ぐっと拳を握る。

セオドアははじめに自分にも深く関係する話だと言っていた。

しかし、こんなふうに繋がってくるとは考えもしなかったから、衝撃が強すぎて何一つ反応できなかった。

――だったら、セオドアさまの婚約者は……。

不意に、ルチアの脳裏に母の姿が蘇った。

時折、テラスでぼんやり庭を眺めていた母の姿だ。

何を見ているわけでもなく、物悲しそうな横顔だけが印象に残っている。

すべての点と点が繋がっていくような思いだった。

幸せだったはずがない。本来あるはずの未来をねじ曲げられ、愛人として生かされた人生だったのだ。

好きでもない男との子供など、本当は見たくもなかっただろう。

自分が愛されないのには、それだけの理由があったということだ。

「……だから…、だったのですね。やっと理解できました……」

「ルチアさま？」

「ずっと誰にも聞けなかったんです。どうして私は十二歳まで母と別々に暮らしていたのだろうって……。母は、仕方なく私を引き取ったんですね……。私を預けた乳母が死んでしまったから仕方なく……」

想いを吐露するルチアに、シオンとセオドアは息を呑んでいた。

こんな話を聞かされても二人を困らせるだけだ。

そう思うのに、さまざまな記憶が押し寄せて止まらなかった。

「初対面のとき、母が困ったように私から目を逸らしたのを覚えています。食事の時間だけは一緒に過ごしてくれたけれど、会話どころか目を合わそうともしてくれませんでした。ほかのどんなときも同じです。母はずっと私を避けているようでした。あれはきっと、私を見るのが辛かったからなんですね……。だから母は亡くなる前に、私の存在そのものを心の中から消してしまったんだわ……」

「……それは、どういうことだ？」

突然の告白に、シオンは眉をひそめている。

今のは誰にも言ったことのない話だ。現実を受け入れたくなくて、言葉にできなかったことだった。

「亡くなる一週間前、母は二階の踊り場から落ちて意識不明となりました。その瞬間を見ていた使用人は何人かいましたが、実はその中に自分から落ちたと証言する者がいたんです」

「自分…から……？」

「もちろん、実際のところは誰にもわかりません。数日後、母の意識が戻ったとき、何もかも…、私のことも全部忘れていたのですから……」

「……っ」

「……私がいなければ母はもう少し楽だったかもしれません。私さえ生まれてこなければ、きっと……っ」

「ルチア、それは違う……っ！」

感情的に自分を責めると、途中でシオンに遮られる。

彼はすぐにルチアのもとまで来てくれたが、溢れ出た感情はそう簡単には止まらない。

頬に伝う涙をそのままに、ルチアは何度も首を横に振った。

「私…っ、本当に呪われた娘なんだわ……っ！　乳母が死んだのもお母さまが死んだのも、私のせいだったのかもしれない。だとしたら、リチャードさまやラッセルさまも……ッ、あの小鳥たちだって、やっぱり私のせいなんじゃ……っ」

「やめろ……ッ！」

ルチアが泣き崩れると、シオンはすかさず抱きしめてくれた。

彼は「違う」と言って何度も背中を撫でてくれたが、ルチアはどうしても自分を肯定できない。そう思える要素が見つからなかった。

「ルチア…、ルチア、おまえどうしてそうなんだ。そんなふうに苦しむのはもうやめてくれ。おまえのせいなんかじゃない。それだけは絶対に違う！」

「だけど……っ」

「いいか、俺も父上もルチアが呪われた娘だなんて思っていない！　そんなことを思っていたら、おまえにこんな昔話をするわけがないだろう!? 誰かのせいと言うなら、それはアンドリウスだ！ 当たり前じゃないか……っ。兄上たちが死んだのも、呪いとかそんなものじゃないんだよ。医者はなぜか自死と結論づけたが、あれはそんな死に方じゃなかったんだ」

「……え……？」

「二人とも、同じだったんだ。喉を掻きむしって苦しんで死んだんだよ。あれは毒によるものだったんだ……っ」

シオンは吐き捨てるように言い、唇を嚙みしめた。

――毒……？

一体、どういうこと……？

思わぬ内容にルチアが言葉をなくすと、彼は声を震わせて頷いた。

「あれは毒殺だ……。兄上たちは、アンドリウスに殺されたんだ」

「……っ」

「ルチアは知らないだろうが、アンドリウスの周りでは昔から不審な死が多かった。そのたびに、あの男にとっての邪魔者がまた消されたようだと、騎士団の中でも囁かれていたほどに……。だが、アンドリウスは決して自分の手を汚さない。意のままに動く駒を使って標的を仕留めることができたからだ」

「意のままに動く駒……？」

「オセだ。そんなことができるやつはほかにいない」

「なん……っ」

　そんな馬鹿なことがあるわけないだろう。

　ルチアが首を横に振って否定しようとすると、シオンはそれを遮るように細い肩をぐっと摑んできた。

「あいつは医者だ。それも名医と言われるほどのな。信奉者も多ければ、かなりの数の門下生もいる。そんな相手に警戒心を持つ者はそういないだろう。あいつは若い頃から名のある貴族のもとで専属の医師をしていたそうだ。そして、その頃から怪しい薬を使うという噂があったという。それも、亡くなった者はそのほとんどが自死と片づけられていたと……。おそらく、毒物による死だと判明してしまった場合でも矛盾がないからだろう。主人が煩わしく思う者をあの男が手にかけてきたのではないかと、ずいぶん前に遠征で知り合った王国の騎士から聞いたこともあった」

「そんなまさか……」

「もちろん、俺だってはじめからこんなことは考えていなかった。だが、ラッセルが倒れて複数の医者に診てもらったときのことを思うと、おかしいと言わざるを得ないんだよ。はじめはほとんどの医者が原因不明と言っていたのに、ラッセルが死んだ途端口を揃えて自死だと言いはじめたんだから……」

「……え」

「おかしいだろう？　ただ、その中で『何かを口にした可能性』に言及した医者もいた。それがサイラス先生だ。彼はつい最近まで遠方の国々を渡り歩いて医療を学んできた人で、ここでのしがらみがほとんどなかったんだ。そんな彼でも、屍になってはどうすることもできない様子だったが、それでも疑念を感じさせるには十分だった。もしかすると、ラッセルは望まぬ死だったのかもしれない……。そんな思いを募らせていたとき、俺はサブナック家を継ぐこととなり、そのときに父上からアンドリウスとの過去の因縁を打ち明けられた。……あの男は、父上の大事なものを奪うことをずっと愉しんできたんだ。ルチアの母上が亡くなったことで、標的を変えたとしても不思議ではなかった。はじめは長男のリチャード、それから次男のラッセル……、最後はこの俺だ……」

シオンは唇を歪めると、同意を求めるようにセオドアに目を向ける。

セオドアは強ばった表情で話を聞いていたが、視線を向けられた途端に拳を強く握りしめた。

「すまない、シオン……。私は父親失格だ。私のせいで家族を巻き込んでしまった……」

「なぜ父上が謝るんですか。父上は、俺たち家族をずっと大切にしてくれていました。俺は父親失格だなんて思っていません。わけもわからず二十年以上も酷い目に遭わされてきた父上こそが被害者じゃないですか」

「だが…、家族を巻き込んだのは紛れもない事実だ。シオン、私はもうこれ以上大切なものを失いたくはないんだよ。おまえのことも……、彼女の忘れ形見も……、もう二度と……」

そう言うと、セオドアは声を詰まらせてしまう。

シオンの言うように、彼自身もアンドリウスの被害者であることは間違いなかった。

どうしてこんなことになったのだろう……。わかっていたら何かしら対処できただろうし、こんな結末にならなかったはずだ。

「ならば、やることは一つしかありません。俺たちは、抗い続けるしかない。諦めたらそこで首を取られて終わりです」

「シオン……」

「ルチア、おまえも自分を責めるのはもうやめるんだ。噂なんかに惑わされるな。おまえは何も悪くない。俺が違うって言ってるんだから信じろよ」

シオンは言い聞かせるように囁き、ルチアの顔を覗き込んだ。

「わかったか？」

「……あ」

けれど、ルチアの頭の中は飽和状態で、なかなか話を呑み込むことができない。

——だって、オセ先生が人を殺していたなんて……。

これまでアンドリウスがセオドアにしてきたことを思うと、何もかもを否定することはできない。

だとしても、オセについては違うのではないかとどこかで思ってしまう。

ルチアはオセをずっと信頼してきたから、すぐには納得できなかったのだ。

——だけど、次の標的が本当にシオンだったら……？

もしもオセに恐ろしい一面があったとしたらどうするのか。

ルチアの全身から血の気が引いていく。後頭部を鈍器で殴られたような強いショックで、しばらく言葉も出なかった。

第七章

――三日後。

シオンとセオドアにさまざまな話を打ち明けられてから、ルチアは日中でも寝室を出ずに鬱々とした時間を過ごしていた。

母、イーリスについては腑に落ちた部分もあり、アンドリウスへの憤りが強くなったが、その一方で、自分が生まれてきたことへの罪悪感に苦しみ、なかなか気持ちの整理をつけられなかった。

オセに対しては、彼を信じたい気持ちと疑う気持ちが行ったり来たりして一向に割り切れない。

かといって、リチャードやラッセルの死に疑問がある以上、どんな可能性も排除すべきではないとも思う。シオンの身に危険が及ぶとしたら、割り切れないなどと言っている場合ではないからだ。

——今日も、屋敷の外に兵士たちがいるわ……。

ルチアは寝室のカーテンを僅かに引いて、外の様子をそっと覗き見る。

ここからすべて見えるわけではなかったが、塀と塀の隙間から兵士たちの姿が見え隠れしていた。

おそらく、彼らはアンドリウスの指示で動いているのだろう。

気になるのは、その数が日に日に増えていることだった。

彼らはサブナック家の使用人たちにも追及の手を伸ばしているはずだ。

今のところ、ルチアがここにいることをばらす者はおらず、彼らも確証は得られていない様子だが、追及が厳しくなればそれも時間の問題となるだろう。誰でも我が身がかわいくて当然なのだから、そういうことも覚悟しておかねばならなかった。

「いっそ、私が自分から出ていけば……」

ルチアはぽつりと呟き、ため息交じりに首を横に振る。

自分が公爵家に戻ったとしても、サブナック家に平穏が戻るとは限らない。

これまでのことを思えば、アンドリウスがシオンたちに何かしらの危害を加えることは容易に想像できた。

——だったら、どうすればいいの……。

こうなってくると、過去の自分の行動すら悔やんでしまう。

やはり、はじめから公爵家になど行かなければよかったのだ。

どうしても行きたくなくて迎えの馬車から降りたなら、なぜできるだけ遠くに逃げなかったのか。

身元不明の娘が道端でのたれ死んだとしても、きっとすぐに忘れられるだろう。

あのとき、自分を見つけなければ、シオンを巻き込まずに済んだはずだ。そうすれば、今ごろ彼は王国の騎士として別の道を歩いていたに違いなかった。

「シオンだけは、失いたくない……っ」

なんとしても彼には生きてほしい。

けれど、そのために自分に何ができるのかがわからない。

公爵家にいたときより、今のほうが遥かにシオンの存在が大きくなっている。

毎日彼の傍で過ごして、これまで知らなかったたくさんの表情を見ているうちに、こんな日々がずっと続けばいいのにと何度思ったことだろう。人を好きになればなるほど、失ったときのことを想像して怖くなるだなんて思いもしなかった。

「……あ、あれは……、オセ先生?」

そのとき、不意に正門から複数の兵士が入ってくる。

その兵士たちを従えるように、なぜかオセが先頭を歩いていた。

オセは玄関のほうに向かっていたが、途中でふと足を止める。後ろに付き従う兵士たちに話しかけながら建物をゆっくり見回していた。

――オセ先生、何をしに来たの……？

三日前に屋敷を訪ねてきてから、オセは一度もここに来ていなかった。

ルチアは窓の外を食い入るように見つめ、胸元を手で押さえる。妙な胸騒ぎで心臓がやけにうるさかった。

その直後、オセは正門を振り返り、屋敷のほうを大きく指差す。

すると、正門の外にいた兵士たちが一斉に敷地の中へと入ってきた。想像以上の兵士の数に、ルチアはごくりと唾を飲み込んだ。

「まさか、強引に乗り込むつもりじゃ……」

「——ルチア……ッ！」

「ッ!?」

屋敷の周辺が兵士たちに囲まれようとしていたそのとき、唐突に部屋の扉が開く。

驚いて振り向くと、シオンが血相を変えて部屋に入ってきた。

「シオン、兵士たちが中に……ッ」

「あぁ、わかってる。今は父上が応対しているが、そんなに持たないだろう」

「そんな……」

ならば、これからどうなるのだろう。

恐怖で青ざめていると、シオンがすかさず抱きしめてくれた。

「どうやら、待つだけ無駄だったようだな……」

「……え？」

「いや、なんでもない。ルチア、怖がらせてごめんな。なんとかするから、少しだけ我慢してくれるか？」

「な、なんとかって、どうやって……」

あんなにたくさんの兵士を相手に太刀打ちできるものだろうか。

いつものように『ルチアはいない』と言っても、そう簡単に帰ってくれるとは思えなかった。

「ルチア、必ず戻るからここで待っていてくれ」

「え……っ」

「大丈夫、ルチアを危険な目には遭わせない。俺が部屋を出たら、内側からすぐに鍵を掛けるんだ」

「何…言っているの……、そんなの嫌ッ、あなたに何かあったら私は……っ」

「落ち着いてくれ。俺は大丈夫だから。こういうときのために、ずっと鍛錬してきたんだ」

「嫌ッ、そんなの絶対に嫌…っ！　お願い、シオン行かないで。お願い……ッ！」

自分のために彼に危険を冒させるなんて冗談ではない。

ルチアはシオンにしがみついて必死に懇願した。

泣きじゃくるルチアに、彼は困ったように背中をぽんぽんと撫でてくれたが、そんなことで安心できる状況ではなかった。

「ルチア、俺におまえを守らせてくれ……」

「私のことなんて……っ」

「そんなこと言うなよ！　おまえがおまえを貶めてどうするんだ。ルチアは、もっと堂々と胸を張って生きていいんだよ……！　俺は、心から笑ったおまえが見たいんだ。これからずっと、俺の隣で笑っていてほしいと思ってるんだよ」

「……これから…、ずっと……？」

「言ったはずだ。俺はおまえと絶対に結婚してやるって……。あれから毎日のようにおまえの首筋にしつこく痕をつけてきたんだから、そろそろ観念してくれよ」

シオンはそう言うと、ルチアの髪を掻き分けて首筋にキスを落とす。

わざときつく吸って鬱血の痕を重ね、にやりと笑ってみせた。

こんなときなのに、どうして笑っていられるのだろう。

なぜそんな大事なことを今言ったりするの……。

「ルチア、待っててくれ。必ず迎えに来るから……」

「……あ…、危ないこと、しないって約束してくれる……？」

「約束する」

「無茶もしないって……」

「あぁ、無茶なんてしない。命は一つしかないんだから大事にしないとな。それに、あんなやつらに命を取られるほど俺は落ちぶれちゃいない。これでも騎士団の中でも精鋭（せいえい）だったんだからな」

「……知っています……。公爵家の自分の部屋から、ずっとあなたを見ていたから……。だからシオンが強いことくらい知っています……」

「え……」

シオンは目を見開いているが、ルチアは説明など要らないくらい彼が強いことはよく知っていた。

三年間、地道な努力を続け、誰よりもがんばってきたことを見続けてきたのだ。けれど、あの頃と今とでは何もかもが違う。

これは訓練でもなんでもない。ほんの些細な出来事でも、命取りにならないとは限らなかった。

「ルチア、だったら安心して待っていてくれ。俺は死ににいくわけじゃない。おまえと生きるために必要だから行くんだ。それだけはわかってくれ」

「……シオン」

「なんだよ、ずっと見てたって……。そんな大事なこと、なんで黙ってたんだよ……。そんなふうに泣かれると、俺が弱くて負けるみたいじゃないか」

「ご…、ごめんなさい……」

シオンは間近で囁きながら、ルチアの頬をそっと撫でる。

優しい手つきにまた涙が零れそうになったが、すんでのところでぐっと堪えた。

本当は泣いて縋って引き止めたかったけれど、それで彼がここに留まってくれるとは思えない。

彼を必要としているのは自分だけではないのだ。

万が一、兵士たちが乗り込んできた場合、シオンが応戦できるかどうかのほうが今は重要だった。

「……じゃあ、行ってくるから」

ルチアが大人しくなったところを見計らい、シオンはゆっくり離れていく。

無意識に手を伸ばすと、彼は苦笑気味にその手を摑んで指先に口づけてから扉のほうに向かう。その大きな背中に縋りつきたい気持ちをぐっと堪え、扉までの短い距離を見送ることしか今の自分にはできなかった。

「ルチア、もう一度言うが、俺が廊下に出たらすぐに鍵を掛けるんだぞ」

「……はい」

「俺以外の誰かが来ても、絶対に開けるなよ」

「わかってます。だから、必ず戻ってきてくださいね……。私、ここであなたを待ってますから……」

「あぁ、待っててくれ」

大きく頷くと、シオンは扉を開けて廊下の様子を窺う。

誰もいないことを確かめてから、彼は廊下に出てゆっくり扉を閉めた。

ルチアは言われたとおり、すぐに内側から鍵を掛ける。カシャンという金属音が響くと、彼の足音も遠ざかっていった。

――どうか何も起こらないで……。

ルチアはしばし扉に耳を当ててじっとしていたが、そのうちにシオンの足音は完全に聞こえなくなる。そうなると、居ても立ってもいられなくなり、ルチアは外の状況を確かめるために窓のほうへと駆け戻った。

「え……っ!?」

カーテンの隙間から窓の外を覗くと、思わず声が出てしまう。

先ほどとは比べものにならないほど、おびただしい数の兵士が建物を囲んでいたのだ。

「な、なに……？」

その直後、けたたましい金属音が大きく鳴り響く。

扉を振り返ると、同時に人々の悲鳴や激しくぶつかり合う金属音があちらこちらから聞こえはじめた。

外を見れば、アンドリウスの兵士とサブナック家の兵士が戦闘を開始している。

屋敷の中は一気に喧騒に包まれ、ルチアはがくがくと全身を震わせた。

「……乗り込んできたんだわ……」

サブナック家のほうも兵士はいるが、圧倒的に数が少ない。

本当にあの人数で立ち向かうことができるのだろうか。

ガンッ、ガン……ッ、と、剣がぶつかる音が階下で響くたびにルチアは肩をびくつかせる。多くの足音が行き交う様子が伝わって震え上がる思いだった。

——キィ……、パタン……。

そのとき、どこかの扉を開く音が微かに耳に届く。

ルチアは息を呑んで身を固くする。

今のは、おそらく階下から聞こえた音ではない。

この二階から聞こえたものだった。

——まさか、もう兵士が上がってきたというの……？

シオンたちだけで、アンドリウスの兵士をすべて相手にするなんてそう簡単にできることではない。

彼らの目的はルチアだ。二階に上がってきたのがアンドリウスの兵士なら、自分を捜しているに違いなかった。

——キィ……、パタン……。

密かな足音と共に、次々と扉を開けていく音がする。どうやら、一つずつ部屋の扉を開けているようだ。

やはり誰かが二階にいることは間違いない。

その音は少しずつルチアのいる部屋へと近づき、やがてすぐ近くの部屋の扉が開けられた音がした。

静かなのは、部屋の中を確かめているからだろう。数秒ほどして扉を閉める音が響き、廊下を進む足音が近づいてきた。

——ガチ……ッ。

「……ッ」

直後、ルチアの部屋の扉の取っ手を引く鈍い音が響く。

この部屋は内側から鍵が掛かっているから開くことはない。

しかし、そのことで、『部屋に人がいる』と疑われる理由になってしまったようだ。

ガチ…、ガチ…、と何度も取っ手を引く音が響き、そのたびに微かな振動を感じる。

ルチアはカーテンを握りしめながら、執拗に扉を開けようとする動きを息を殺して見つめていた。

ところが、その音がなぜか突然ぴたりとやむ。

諦めたのか、それとも強行突破するつもりなのか……。

じっと息をひそめていると、不意に扉の向こうから声をかけられた。

「——ルチア、そこにいるのかい？」

「ッ!?」

ルチアはびくりと肩を揺らす。

オセだ。

二階に来ていたのは、オセだったのだ。

「……ルチア、怖がらなくてもいいんだよ。ここには私しかいない。ほかに誰も連れてきていないから安心して出ておいで」

オセの声は、いつもと変わらない。

普段どおりの優しい響きに、ルチアの心も僅かながらぐらついてしまう。

――こんな手を使ってまで、オセ先生が私を連れ戻しに来るなんて……。

彼は三日前にも屋敷を訪ねてきたが、あのときはすぐに帰ってしまった。日を空けたのはこの準備のためだったのだろうか。屋敷の外にいた兵士たちを招き入れたのは、どう見てもオセの指示によるものだった。

――私はどうすればいいの……？

少なくとも、返事をしてはだめだ。

この優しい声は誘導かもしれないのだ。

オセは屈強な兵士と違って、扉を壊すなどの強行突破はできないだろうから、声さえ上げなければきっとやり過ごせる。そうすれば、シオンが助けに来てくれるまで時間を稼げるかもしれなかった。

「ルチア、君は事の重大さを理解していないようだね」

あれこれ考えていると、オセが勝手に言葉を続ける。

彼は深いため息をつき、今度は諭すように囁きかけてきた。

「アンドリウスさまのお怒りは大変なものだよ。もちろん、君に対して怒っているわけじゃない。シオンの暴挙に激怒されているんだ。何せ、彼は公爵家の姫君を誘拐したのだからね」

「……っ」

「このままだとシオンは……、いや、シオンたちは大変な罰を受けることになるだろう。ルチアはそれでもいいというのかい？　そうでなくてもシオンたちは今、劣勢だ。私が屋敷に入ったとき、彼は何人もの兵士に囲まれていた。今頃どうなっているだろうね……。今日連れてきた兵士たちは精鋭揃いなんだよ。いくらシオンが強くても、あの数に勝てるわけがない」

オセの言葉にルチアは激しく動揺した。

シオンが自分を誘拐したことになっているとは思わなかったのだ。

――しかも、劣勢って……。

そう簡単にシオンがやられるはずがないと言い返したかった。

けれど、数の上で劣勢なのは間違いない。部屋に閉じこもって確かめることもできない自分の反論など、なんの意味もなかった。

これまで、アンドリウスの周りでは不審な死が多かったというシオンの言葉を思い出して背筋が凍る。

ルチアが公爵家に戻らないせいで、シオンやセオドアだけでなく、サブナック家に味方した人々まで罰せられてしまう。セオドアや母にしてきた仕打ちを思えば、最悪の結末を迎える可能性は否定できなかった。

「だが、今ならまだ間に合う。私なら、アンドリウスさまをなんとか説得できるだろう。もう二十年以上の付き合いだ。あの方は、皆の前では虚勢を張ってみせるが、本当はとても心の脆い人なんだよ。浮き沈みの激しい不安定さに、私もはじめの頃はかなり頭を悩ませたものだ。だが、あれこれ尽くしてきた結果、信頼を勝ち取ることができた……」

オセはひっそりとした声で小さく笑う。

階下の喧騒などまるで気にしていない様子だ。

――オセ先生が、お父さまを説得してくれるというの……？

本当にそんなことができるのだろうか。

疑念はあったが、ルチアの心は大きく揺らいでいた。

このままではシオンたちが罰せられてしまう。オセに頼めば皆が助かるかもしれないと思うと、落ち着いてはいられなかった。

「ルチア、選ぶのは君だ。今君がこの扉を開ければ、私もその気持ちに応えよう。私を信じるか、信じないか……、しっかり考えるといい」

オセを信じるか、信じないか……。

ルチアは息を震わせ、一歩、また一歩進んでいく。

心のどこかでこれは罠だと思う自分もいたが、公爵家で過ごした三年間が気持ちをぐらつかせる。

オセだけが自分に優しくしてくれた。

いつも慈悲深い眼差しで微笑みかけてくれた。

ここに来てから疑問を抱くようになったことはいくつもあったが、それでもあの優しさが偽りだったとは思えなかった。

——信じて……みようか……。

ここでオセを信じなければ、皆が助かる道も途絶えてしまうかもしれない。

ルチアは自分に言い聞かせるように頷くと、おそるおそる内鍵に手を伸ばした。

「……先…生」

「ルチア……？」

内鍵がカチャンと外れた音が小さく響き、ルチアは震えた手で扉を開ける。

シオンとの約束を破った罪悪感で胸が痛んだが、皆が助かることのほうがルチアには大切だった。

「……ルチア、やっぱりここに連れて来られていたんだね」

部屋の外には、いつものように穏やかな微笑をたたえたオセが佇んでいた。

「よく決断したね。君は間違っていないよ」

「オセ先生……」

オセは取っ手を摑んだままのルチアの手をやんわりと撫でてくる。

温かな手の感触が懐かしい。とてもほっとする感覚だった。

「あ…、あの……、オセ先生、シオンやほかの皆を助けてください……。シオンは何も悪くありません。彼が私をここに連れてきたのは、『死神令嬢』と噂されて落ち込んでいた私を哀れんでくれたからなんです。先生だって同じでしょう……？　私が屋敷を出たいと泣いたから、オセ先生も連れ出そうとしてくれたじゃないですか」

「……そんなこともあったね」

「私、もしオセ先生が嘘をついたら、そのことをお父さまに話します。シオンたちを助けずに無理やり公爵家に連れ戻したら、全部話しますから……っ。オセ先生は、私を先生の屋敷に連れて行こうとしていました。しばらくしたら、知り合いのシスターに頼んで私を教会に預けるつもりでした。それはシオンがしたことと変わらないって……」

　はっきり言って、これは脅しだ。

　本当はこんな卑怯な交渉をしなくても、オセは約束を守ってくれたかもしれないが、今は大事な人の命がかかっている。どうしても言質を取らずにはいられなかった。

「ふふ、なるほど。これは驚いたな」

「な…、何がですか……？」

「いや、ずいぶん変わったと思ってね。あんなに弱々しかった君が、少し見ない間に逞しくなった」

「……そう…でしょうか」

　脅しとも取れる文句だったのに、オセはなぜかくすくす笑っている。

なんだか反応に困ってしまう。そう言われると多少は変わった気もするが、だとしたらシオンのお陰に違いなかった。

「では、行こうか」

「え？」

「さぁ、おいで。安全な場所に連れて行ってあげよう」

「あ、あの…、シオンたちは……」

戸惑い気味にオセを見ると手首を摑まれる。

どうしてシオンたちを必ず助けるとはっきり言ってくれないのだろう。

「──んん……ッ!?」

疑問を感じたそのとき、突然オセがルチアの口元に布をぐっと押し当ててきた。

驚いて顔を背けようとしたが、オセの腕に強引に閉じこめられてしまう。

シオンとは違う男性の匂いに恐怖を感じ、なんとか胸を押し返そうとするもどうにもならない。

屈強な兵士でなくとも、オセはれっきとした男性だ。

本気を出せば、ルチアを思い通りにするくらい造作もないことだった。

「う…、ぅ……、──…」

目の前がぐにゃりと歪んでいく。

何が起こったかわからず、ルチアは混乱する一方だったが、みるみる意識が混濁して立っていることすらできなくなる。

足下がぐらつき、身体から力が抜けていくと、当たり前のようにオセに抱き留められていた。

——オセ…先生……、どうして……。

口元に当てられた布に、なんらかの薬物が仕込まれていたのか。

オセは、ルチアの性格を熟知していた。

鍵の閉まった部屋にルチアがいるかどうかの確信はなくとも、どんな言葉を使えば誘い出せるかはわかっていたはずだ。

ルチアはまんまとその罠に嵌まってしまった。

信じようとした相手に呆気なく裏切られてしまった。

「——ようやく、このときが来たんだね……。ずっと待っていたんだよ」

視界のすべてが歪んでいた。

オセの笑顔も恐ろしいほど歪んでいた。

彼に横抱きにされたとき、ルチアの頬に一筋の涙が伝う。

単なる生理現象だったのか、悔しくてそうなったのかは自分でもわからない。

ゆらゆらと身体が揺れるのを遠くで感じたあとで意識は途切れ、それからしばらくルチアが目を覚ますことはなかった——。

❀　❀　❀

深い意識の底で感じていたのは、自分を抱える腕と額にかかる熱い吐息。

かなりの速さで駆ける蹄の音と、その音に合わせるように身体が揺れる感覚だ。

その感覚がどれくらい続いていたかは定かではないが、しばらくして蹄の音が止まると、身体が浮いたようになって少しするとなんの揺れも感じなくなった。

すると、今度は複数の人の気配を近くで感じるようになり、身体のあちこちをいくつもの手が這い回る感覚がする。

やめて、何をするの……。

心の中で叫ぶも、鉛のように重たい身体は微動だにしない。

いつの間にか、身体中を這うたくさんの手の感触は消えていたが、嫌な感覚はなかなか消えない。それから少しして、遠くのほうで『パタン…』と扉が閉まったような音がして、ルチアは急激に意識が浮上するのを感じていた。

「――う…、……ん」

この柔らかな感覚はなんだろう。

もしかして、自分はベッドに寝ているのだろうか。

異様なほどの静けさの中、小さく呻いた声がやけに大きく響いた。

次第にルチアの意識は現実に戻りはじめ、睫毛を震わせて重い瞼をゆっくり開く。

——ここ…は、どこ……？

ルチアは二、三度瞬きをしてから首を横に傾ける。

見覚えのない真っ白な壁。豪華な柱の彫刻。

天井にはシャンデリアが掛かっていたが、明かりはついていない。

アーチ状の窓に目を移すと、晴れ渡る空が広がっていた。

ルチアはぼんやりしながら身を起こして辺りを見回す。

やはり自分はベッドに寝ていたみたいだ。

手触りのいいシーツの感触を確かめている途中で、ルチアは自分が見たこともない『白いドレス』を着ていることに気づいた。

「私、いつ着替えたの……？」

つい先ほどまで、赤いドレスを着ていたはずだ。

ルチアは眉を寄せて胸元や腰回りを手で確かめる。

もしかして、誰かがこのドレスに着替えさせたのだろうか。

深い意識の底で、ルチアはいくつもの手が自分の身体を這い回っていたことをなんとなく覚えていた。

——キィ…、パタン……。

「……あぁ、なんだ。ルチア、起きていたのか」

「――…ッ」

不意に扉が開き、オセが姿を現す。

ルチアはびくんと肩を揺らし、思わず身を固くした。

サブナック家にアンドリウスの兵士たちが乗り込んできたことや、オセに騙されて寝室の扉を開けてしまったことを思い出し、ルチアは蒼白になってベッドの端まで移動した。

「こ…、ここはどこですか……っ。私を公爵家に連れ戻すつもりだったんじゃ……」

「何言ってるんだい？　ここは私の屋敷だよ。決まっているじゃないか」

「……オセ先生の……屋敷……？」

どういうことだろう。なぜ当然のように言われるのか理解できない。

この屋敷がどんな大きさかはわからないが、ルチアのいる部屋はかなり広い。柱の彫刻やシャンデリア、ベッドの装飾などを見る限り、サブナック家に引けを取らなかった。

ルチアはあれこれ考えを巡らせながら、改めて窓の外を見る。

どれだけ眠っていたのかわからないが、まだ夕暮れ前だからそれほど時間が経っていないのかもしれない。

大抵の貴族は公爵家の屋敷の近くに居を構えているから、彼もきっとそうなのだろう。

オセは公爵家専属の医者だが、彼自身も貴族なので豪華な屋敷に住んでいてもなんらおかしなことではなかった。

「……そのドレス、よく似合ってるね……。とても…、綺麗だ」

オセはルチアに近づきながら、目を細めて微笑んだ。

ルチアは顔を強ばらせ、自分の身体をぎゅっと抱きしめる。

褒められても嬉しくない。知らないうちに着替えさせられて、なんだかすごく気味が悪かった。

「どうしたんだい？　まさか私が着替えさせたと思っているとか？　念のために言っておくが、侍女たちにしてもらったんだ」

「そ…、そう…ですか……」

ルチアは内心胸を撫で下ろしたが、警戒を解くには至らない。

部屋に入ってきたときから、どうもオセの様子がいつもと違う。

具体的にどう違うと聞かれても説明できないが、ルチアの知る彼とは少し雰囲気が違うのだ。

「こちらにおいで。もっとよく見せてごらん」

オセは両手を広げて、甘やかな声で囁く。

ルチアは戸惑いを感じながら自分の身体をさらに強く抱きしめた。

――やっぱり、いつものオセ先生じゃない……。

笑顔も口調もいつもどおりだが、そんな熱っぽい目で見つめられたことは一度もなかった。

「わ…、私ッ、オセ先生にお聞きしたいことがあるんです……っ！」

「……聞きたいこと？　なんだい？」

「私の…、身体のことです」

「君の身体？」

ルチアの言葉に、オセは眉をひそめている。

頭からつま先までを舐めるように見つめられ、居心地が悪くなって無意識に後ろに下がった。ベッドから落ちそうになってそれ以上下がれなくなり、ルチアは気持ちを落ち着けるために胸元を手でぎゅっと押さえた。

――そうよ、せっかくの機会だもの。聞いておかなくては……。

シオンと暮らすようになってから、ルチアは今まで考えもしなかった疑問を抱くようになっていた。

それらを確かめるには、オセに直接聞くしかない。自分の目で見極めるためにも必要なことだった。

「オセ先生、私は本当に病弱なのでしょうか……？」

「なぜそんなことを？　質問の意図が摑めないが」

「意図も何も……、ただ純粋に疑問なんです。私は、シオンの屋敷であるお医者さまに診察していただきました。その先生には私の身体のことも説明したのですが、オセ先生とは真逆の診断をされたのです」

「真逆…というと？」

「私の身体は健康そのものだと……。何度診ていただいても、まったく問題ないと太鼓判を押されました」

「……それで？」

「え？」

「君はそれを信じるのかい？」

「そ…、それは……」

反対に聞き返されて、ルチアはぐっと詰まってしまう。

けれど、この程度で動揺しては何も解決できない。

名医の仮面を被って嘘をついていたとしても、今なら納得できる。彼がルチアを騙してここに連れてきたのは紛れもない事実だからだ。

「わ…、私…は、シオンの呼んでくれたお医者さまを信頼しています」

「……信頼……」

「私は公爵家に来るまで、自分の身体に不調を感じたことがありませんでした。辛い気持ちになって胸が痛むことはあっても、それは心の問題で心臓が痛いわけではなかったんです。シオンと過ごすうちに、私はやっとそのことに気づきました。多少動いても息が上がるくらいで、一日中起きていてもなんともない。手や脚を揉まなくても身体が冷たくなったりしないし、心臓に痛みを感じることも一度もなかった……。私はサブナック家では、当たり前のように屋敷を歩き回っていたんです。だから疑問に思うようになったんです。もしかしたら、先生の診断は間違っていたんじゃないかって……っ！」

ルチアは一気にそこまで言うと、大きく息をつく。

こんなことを面と向かって本人に直接言えるなんて自分でも驚きだ。

公爵家にいたときは、皆から『名医』と尊敬される彼の言葉を疑うなんて考えられなかった。血は繋がっていても誰一人として温かく迎え入れてくれることはなく、孤独を感じていた中で、オセは心の拠り所だった。

きっと心が弱りきっていたから、彼を盲信してしまったのだろう。

だから自分がずっと騙されていた可能性にも気づくことができなかったのだ。

「オセ先生、何か言ってください……っ。私が間違っているなら、納得のいくような説明をしてください」

ルチアはまっすぐ訴えたが、オセは黙り込んでいる。

それどころか、いつものように穏やかな微笑みをたたえたままだった。

勇気を出して聞いたのに、これではぐらかされているみたいだ。ルチアは悔しさを噛みしめながら、さらに声を振り絞った。

「……オセ先生には、ほかにも聞きたいことがあるんです。私、とても恐ろしい話を聞いてしまったんです。以前から、お父さまの周りでは不審な死を遂げる者が多かったと……。

それらの死に、オセ先生が関わっているかもしれないという話を聞いたんです。リチャードさまやラッセルさまも、その中に含まれているんじゃないかって……」

「……」

「けれど、先生はお医者さまです。そんなこと、あり得ないですよね……。人の命を救う立場の方なんですから……」

窺うように問いかけると、心なしかオセの目つきが鋭くなっていた。

しかし、その表情だけでは疑われて腹を立てているのか、本当にやましいことがあるのか判然としない。

どうして何も答えようとしないのだろう。

何一つ反論しないから、疑念ばかりが膨らんでいく。

やはりあの小鳥たちもオセが殺したのではないか、『呪われた娘』だとルチアに思い込ませるためにあんな酷いことをしたのではないかと疑いたくなってしまう。もしもそうだとしたら、彼を信じていた自分まで軽蔑(けいべつ)しそうだった。

「……あの日、君を公爵邸から連れ出そうとしたときから、そのドレスをプレゼントしようと思っていたんだよ。二十年以上前から、ずっと君のために用意しておいたんだ」

「な、んの話ですか……？」

——一体、なんの話をしているの……？

やっと口を開いたと思えば、なぜ質問と関係のない話をはじめたのか……。

それに、彼の話は時系列もめちゃくちゃだ。

ルチアは今十七歳だ。それなのに、彼は今『二十年以上』と言っていた。

それではルチアがこの世に存在していないときから、このドレスを用意していたことになってしまう。

「オセ先生、何をおっしゃっているのですか……？」

おそるおそるオセを見ると、彼はふとこちらに視線を戻す。

一歩、また一歩と足を前に踏み出し、ルチアのほうに近づいてきた。

ルチアは身体をびくつかせて左右を見回す。

何かがおかしい。そこにいるのはオセなのに、まるで違う人と話しているような気分だ。

段々と距離が縮まり、腕が伸ばされる。ルチアは咄嗟にベッドから降りて逃げようとした。

「あ…ッ!?」

ところが、ベッドから降りた直後にオセに手を摑まれてしまう。

強く引き寄せられると、彼はルチアの手の甲にそっと口づけを落とした。

「……や……」

シオン以外の男性に触れられる恐怖で、ルチアは真っ青になって首を横に振った。

オセはそんな気持ちに気づかない様子で、なぜか薬指ばかりに何度も口づけ、うっとりと目を閉じている。

「では、そろそろ教会に行こう」

「……教…会……？」

「のんびりしていると日が暮れてしまう。急がなくては……」

そう言って、オセはルチアの手を引いて部屋から連れ出そうとする。

けれど、どうしていきなり教会に連れて行こうとするのか、ルチアには彼の目的がよくわからない。

「やッ、先生っ、オセ先生……ッ」

「早く行こう。時間がないんだ」

「どうして教会なんて……っ。い…、以前おっしゃっていたように、オセ先生の知り合いのシスターに私を預けに行くつもりですか？」

「なんのことだい？　結婚式を挙げに行くに決まってるだろう」

「結……」

ルチアは息を呑んで絶句した。

——それは、誰と誰の……。

この状況からして、オセはルチアと結婚式を挙げようとしているとしか捉えられないが、あまりに唐突すぎて理解が追いつかない。

しかし、オセはルチアが嫌がっても放そうとせず、ついには屋敷の外に連れ出されてしまう。玄関からほど近い場所には馬車があり、強引にその馬車の中に押し込まれそうになった。

「行こう、イーリス。ようやく君を私だけのものにできる日が来たんだ」

「……ッ!?」

突然のことに、ルチアは頭の中が真っ白になる。

どうしていきなり母の名で呼ばれたのか、オセはなぜ嬉しそうに笑っているのか、何もかもがおかしかった。

――オセ先生は、お母さまのことを知っているの……？

この三年間で、そういった話は一度も聞いたことがない。

時折、若い頃の話をすることはあったが、オセは母と関わりがあるといったことをそれとなく口にしたこともなかった。

「イーリス、早く馬車に……――」

「いや……ッ！」

背中に触れられた途端、ルチアはオセの胸を強く押し返した。

訳がわからないことに翻弄されるのは、もうたくさんだ。

ルチアは彼の手を振り払うと、毅然と言い放った。

「オセ先生、私はルチアです。母は、もうこの世にいません」

「……え？」

すると、オセは呆けたような顔で目を瞬かせる。

彼は振り払われた自身の手を見つめ、それから数秒ほどしてぽつりと呟いた。

「そう…、だったかな。そうだったかもしれない……」

本当にどうしてしまったのだろう。

見た目は普通だが、言っていることが明らかにおかしい。

オセ自身、そのことにまったく気づいてなさそうなのが、この異様な状況に拍車をかけていた。

そのとき——、

「ルチア——…ッ！」

遠くのほうから蹄の音が響き、自分の名を叫ぶ声がした。

低音のよく響く声にルチアの心臓は大きく跳ねる。

一瞬、自分までおかしくなってしまったのかと思ったが、声のするほうを向くと、葦毛の馬が土煙を上げて正門間際まで近づいてきていた。

「ルチアッ！」

馬上の主は激しく息を乱し、もう一度叫んだ。

その額からは汗が流れ落ち、ところどころ服が鋭く裂けている。戦闘の激しさを物語る姿に、ルチアの胸は張り裂けそうになった。

「シオン……っ！」

夢でも幻でもない。本物のシオンだ。

ルチアは目に涙を浮かべて正門へと向かう。

しかしその途中で、馬に乗った大勢の兵士たちがシオンを追いかけてきていることに気づく。それは、サブナック家の屋敷での戦闘が今も終息していないことを意味するものだった。

――オセ先生は、本当に私を連れ出すためだけにあんな嘘をついたんだわ……。

オセは、自分ならアンドリウスを説得できると言っていた。

そんな気は更々なかったくせに、彼はシオンたちがいかに危うい立場かを説き、ルチアの決断一つで助けられると甘言を弄していたのだ。

ルチアは唇を嚙みしめると、シオンのもとへ走り出す。

シオンも追っ手を気にすることなく正門を駆け抜けていた。

近くまで来ると彼は馬から飛び降り、ルチアの腕を摑んで自身に引き寄せる。そのまま抱きしめられるのかと思ったが、彼は背後に迫っていたオセの手を撥ね除けて飛びかかり、胸ぐらを摑んでいた。

「貴様……ッ！」

「……うぐッ」

二人とも勢いよく地面に倒れ込む。

だが、その表情は対照的だ。

シオンはオセの胸ぐらを摑んだ状態でのしかかり、強い怒りをあらわにしている。

その一方で、オセは背中から倒れた痛みからか、一瞬顔をしかめていたが、シオンを見るとなぜか不思議そうな表情を浮かべた。

「オセ、ようやく尻尾を出したな。おまえがルチアに異常な執着を抱いていたことくらい、こっちだって気づいてたんだ」

「……異常な…執着……？」

「ほかにどう形容しろというんだ？　おまえ、毎日のようにルチアの身体に触って、その間ずっと何を考えてたんだよ。今だって、ルチアを自分の屋敷に連れ込んで何をしようとしていたんだ？　わざわざドレスを着替えさせて、どうするつもりだったんだよ!?　この変態野郎が……ッ！」

シオンは苛烈に目を光らせ、吐き捨てるように言い放った。

ところが、オセのほうは罵声を浴びてもほとんど表情が変わらない。

なぜシオンが怒っているのかわからないといった様子でその顔を見上げていた。

──オセ先生、やっぱり変だわ……。

ルチアは二人のやり取りを数メートル離れたところから見ていたが、オセの表情に強烈な違和感を覚えた。

もともとあまり感情を表に出す人ではなかったが、これはそういうのとは違う気がする。

胸ぐらを摑まれてのしかかられているというのに、オセは何を言われてもぽかんとして、この状況を理解できていないといった様子だった。

「とぼけるつもりか？　そんなことさせるかよ。こっちはおまえに聞きたいことが山ほどあるんだ。おまえ、アンドリウスの手駒としてどれほどの人たちを葬ってきた？　俺の二人の兄の死も、おまえが関わっているんだろう……っ!?」

「ぐ……ぅ……」

「どうなんだ……っ!?」

シオンはオセの異変に気づかないのだろう。はぐらかされていると思って苛立ちを募らせている。

オセは加減なく襟首を摑まれ、首が絞まって苦しげに顔を歪ませはじめたが、シオンは決して放そうとしなかった。

「——あ……」

そのとき、ルチアの横を二つの影が通り過ぎていく。

兵士たちが追いついてしまったのだ。

シオンはその気配にハッと顔を上げたが、兵士たちの動きは驚くほど迅速だった。

一人の兵士がシオンを後ろから羽交い締めにし、さらにもう一人の兵士が腰に下げた自身の剣を素早く引き抜く。その数瞬後には剣先がシオンの喉元に突き立てられ、信じられないほどの早業で勝負をつけられてしまったのだ。

「そこまでです」

声を上げる間もない一瞬の出来事に、ルチアは呆然とその光景を見ていることしかできなかった。

そういえば、今日連れてきた兵士は精鋭揃いなのだと、オセがそんなことを言っていたのを今さらながら思い出す。

シオンは、兵士たちの敏速さに頬を引きつらせていた。

しかし、その瞳に諦めの色はない。シオンは羽交い締めにされながらも、自身の腰にさげた剣をなんとか抜こうとしている。窮地に立たされながらも、どうにか巻き返しを図ろうとしているようだった。

すると、シオンを羽交い締めにしていた兵士がそのことに気づき、突然力を緩めてみせる。いきなり解放されてシオンの身体は僅かにぐらついたが、咄嗟に体勢を立て直して自身の剣の柄に手をかけた。

だが、その僅かな隙を兵士たちは狙っていたのだろう。

シオンの喉元に剣先を突き立てていた兵士は持ち手を替えると、急所となる鳩尾を剣の柄で鋭く突いたのだった。

「――が…は……ッ」

シオンは目を見開いて唇を震わせる。

抵抗の力がみるみる弱まっていくが、兵士たちは手を緩めようとはしない。

今度はシオンを羽交い締めにしていた兵士が太い腕で喉を絞め上げる。

それから数秒もせずにシオンはぐったりとしてしまったが、兵士たちはなかなか彼を解放しようとしなかった。

「シオン……ッ！」

悪夢のような光景に、ルチアは悲鳴に似た声を上げた。

たった一人を相手にどうしてここまでしなくてはならないのだ。

ルチアがシオンに近づこうとすると、背後にいた兵士に腕を摑まれそうになる。だが、すんでのところでそれらを振り切ってシオンの傍に膝をついた。

シオンを痛めつけた兵士たちが目の前にいたが、ほかには何も目に入らない。

ルチアは何度もその身体を揺さぶり、何度も何度も彼の名を叫んだが、固く閉じた瞼が開くことはなかった。

「いやっ、シオン、目を開けてッ！　シオン、シオン、シオン……っ！」

「ルチアさま、落ち着いてください」

「放して！　シオンに触らないでッ、これ以上彼に酷いことしないで……ッ」

そのうちにほかの兵士たちも追いつき、シオンと引き離されそうになる。

けれど、ここで離れ離れにされるわけにはいかない。自分が彼を守らなければという一心で、ルチアはシオンを痛めつけた二人の兵士を押しのけ、ぐったりした彼の身体に覆いかぶさった。

もう自分のことなどどうでもよかった。

シオンが傷つけられないように身を挺してでも守りたかった。

兵士たちも、ルチアがこんな行動に出るとは思っていなかったのだろう。相手は一応公爵の娘とあって下手に手を出すこともできず、躊躇いながらもそこでようやくシオンから手を放したのだ。

「シオン、シオン、シオン……ッ」

ルチアはそれしか知らないように彼の名だけを呼び続けた。

シオンには誰も触れさせない。

彼は私の命だ。絶対に誰にも渡さない。シオンに覆いかぶさり、懸命にその身を守ろうとしていた。

「ルチアさま、落ち着いてください。彼は意識を失っているだけです。危険ですので早くあちらにいらしてください」

「いやッ、放して、いやぁ……っ！」

だが、兵士たちがこの状態をいつまでも黙って見ているわけもない。

背後にいた兵士に腕を摑まれ、ルチアは強引にシオンと引き離されてしまう。

屈強な彼らにとっては、力を加減してルチアに触れることのほうが大変だったに違いない。泣き叫びながらシオンに手を伸ばそうとする姿に、兵士たちは困り切った様子で互いに目を合わせていた。

「……まったく、乱暴な男だ」

それから程なくして、オセがゆっくり身を起こす。

蔑むようにシオンを一瞥すると、彼は乱れた黒髪を煩わしそうに手で掻き上げ、兵士たちに命令した。

「これから公爵邸に戻る。おまえたちは、この男を縛り上げて連れてこい」

「承知しました」

「……イーリス、君はこっちだ。私と馬車で戻ろう」

「や……っ」

オセは兵士たちに指示すると、ルチアの手をいきなり摑み取った。

彼はまたも『イーリス』と母の名を呼び、近くに止めていた馬車にルチアを無理やり押し込む。その力に加減は感じられず、オセは兵士の一人に馬を引くよう命じてから自分も馬車の中に乗り込んだ。

「シオン……ッ」

やがて、馬車が動き出して、ルチアは慌てて小窓を覗く。

シオンは兵士たちに抱え上げられていたが、ぐったりしてぴくりとも動かない。

自分はなんて無力なのだろう。

遠ざかる馬車の中、ルチアは胸が張り裂けそうな思いで彼の姿を見つめる。今すぐシオンのもとに行きたいのに、触れることさえできず、これ以上ないほどの絶望感に苛まれていた。

「……あと少しだったというのに、邪魔な男め……」

不意に、オセがぼそりと呟く。

彼らしくない口調に、ルチアは眉をひそめて隣に目を向けた。

オセは、憎悪に満ちた眼差しで前を見据えている。

癖のある長い黒髪から覗く澱んだ碧眼に、ルチアは背筋がぞわりと泡立つのを感じた。

──私がシオンとの約束を破って部屋を出たせいだわ……。

そのせいで、一層彼を危険な身に陥らせてしまったのかもしれない。

そう思った瞬間、ルチアの身体はカタカタと震えはじめ、公爵邸に着いてからもその震えが止まることはなかった。

第八章

「――……う……、ここ……は……」

目を覚ました瞬間、眼前に映ったのは大きなテーブルだった。

シオンは顔を上げると、鳩尾に痛みを感じて眉を寄せた。

趣味の悪い金の柱、蝋燭の火が煌々と灯る豪華なシャンデリアには見覚えがある。壁のところどころに本物の宝石が埋め込まれ、血液を染み込ませたような真っ赤な絨毯（じゅうたん）を目にして、シオンはここが公爵家の大広間だと確信した。

――ルチアはどこだ……？

周囲を見回しているうちに、オセの屋敷での出来事が頭を過る。

ルチアを捜してもう一度辺りを見回したが、彼女の姿はない。

大広間にいるのはシオンとその周りを自分を囲む屈強そうな二人の兵士、それから部屋の四方に立つ兵士だけのようだ。

その中でも、シオンを囲む二人の兵士については見覚えがある。

オセの屋敷で自分の喉に剣先を突き立ててきた兵士と、後ろから羽交い締めにしてきた兵士だった。

「っく……」

身じろぎをしようとしたが、それさえ満足にできない。

シオンは椅子に座った状態で後ろ手に縛られていた。

腰にさげた剣は無くなっているので、取り上げられてしまったらしい。

目の前のテーブルを見ると、なぜか半分から向こう側にだけ所狭しとごちそうが並べられている。どうやら、あのごちそうは自分以外の誰かのために用意されたもののようだった。

「――シオン、久しぶりだな」

「……ッ」

そのとき、大広間の扉が開いてアンドリウスが入ってきた。

そのすぐ後ろにはオセが続き、二人が中に足を踏み入れると、兵士たちが左右からゆっくり扉を閉めた。

アンドリウスはテーブルを挟んだ向かい側へと進み、ちょうどシオンと正面になる位置の椅子に腰をかける。オセのほうはその斜め後ろに立ち、無言でこちらをじっと見つめていた。

「ルチアはどこだ」

「……それはおまえが気にすることではない。そもそも、こんなところにかわいい娘を連れてくると思うかね？」

シオンの問いかけに、アンドリウスはそう言って妖しく微笑む。

意味深な眼差しに、自分の中の何かが警鐘を鳴らしていた。

――ここで俺を殺すつもりなのか……？

こんなふうに人を縛り上げておいて、話し合う気などあるわけがない。

わざわざオセまで同席させたからには、彼にそれなりの役目を与えているはずだ。ここでシオンを殺そうとしているなら、これまで陰で囁かれていたオセの不穏な噂はやはり真実だったということだろう。

シオンは己の身に危険が迫っていることを予感しながら、アンドリウスを睨み据えた。

「アンドリウス、兄上たちがあんなふうに死んだのは、おまえの仕業だったんだろう？教えろよ。一体どうやって殺したんだ？」

「はは、なんと口が悪い。それに目つきも悪いな。セオドアと顔はよく似ているが、性格はずいぶんと違うようだ」

「当たり前だ。俺は父上ではないからな」

「……それもそうだ」

アンドリウスはシオンの返答に目を細めて笑う。

心底愉しそうなおぞましい表情だ。

「さて、なんの話だったか。最近物忘れが酷くてな」

そう嘯きながら、アンドリウスは椅子に深く凭れて天井を仰ぐ。

芝居じみた口調にシオンが眉を寄せると、アンドリウスは何か思い出したように大仰に頷いてみせた。

「あぁ、おまえの二人の兄の話だったな。……そう、一人目は確か、夕食に招待したときのワインの中だった。二人目は……、おまえを捜していたときだったか。三十分経ってもおまえが見つからず、あの男はルチアと待ち合わせていた厩舎に向かおうとしていた。そのときに、あの男を呼び止めて水を勧めたのだ」

「……ワインと水に毒を混入させたということか？」

アンドリウスは口角を最大限に引き上げ、斜め後ろに立つオセを見やる。

今の話で犯行を自白したも同然だ。

リチャードはまだしも、ラッセルの話はかなり具体的だ。あの場にいなかったはずのアンドリウスが答えられる内容ではなかった。

――だが、アンドリウスはなぜ俺の質問に答えたんだ？

疑問に思ったが、どうせ碌な理由ではない。

これからシオンを殺すつもりだから、その前にどんな反応をするのか見ておきたいと、そんな下卑た考えがあったとしても驚きはしない。すぐに死ぬのだから、知られても問題はないとでも思ったのだろう。

「なるほどな……。アンドリウス、おまえはその男、オセを使って毒を仕込んだんだ。これまでずっとそうやって多くの者を葬ってきたのか」

「……さぁな」

シオンの言葉にアンドリウスはわざとらしく首を傾げている。

そんなふうに呆けても、疑いが晴れるわけがない。アンドリウスがオセを傍に置く理由は、どうやら睨んだとおりのようだった。

「兄上たちを殺したのはなぜだ。父上との過去の因縁によるものか？」

「因縁？」

「話に聞く限り、そうとしか思えないからだ。おまえは、先代の国王陛下から公爵領を譲り受ける際、それまであまり親交がなかった父上を強引に連れてきた。それにもかかわらず、理不尽なまでに父上を不遇に扱い、揚げ句の果てに婚約者を奪って愛人にしたというんだからな」

「……その話は、セオドアから聞いたのか？」

「だったらどうした。父上がおまえに何をしたっていうんだよ。そこまでされるほどのことをあの父上がしたというのか!?」

こんな話、本当は息子の自分になど聞かせたくなかっただろう。

それでもセオドアが打ち明けたのは、シオンを守るためだったに違いない。

何も知らなくてはアンドリウスの思い通りになってしまう。話して聞かせたところで未来を変えられるとは限らないが、なんらかの抵抗ができる可能性に賭けたのだ。

シオンから見てもセオドアは実直そのもので、主君を欺くような真似をする男ではない。万に一つ、アンドリウスが欺かれたと思っていることがあるとしても、普通はここまでしないだろう。このままでは、サブナック家はこの男によって断絶させられてしまうかもしれないのだ。

「……く、くく……」

不意に、アンドリウスは肩を揺らして喉の奥で笑いをかみ殺した。

口角をさらに引き上げると、邪悪な笑みをたたえながら椅子に深く凭れかかった。

「オセ、ワインを注いでくれ」

「……承知しました」

アンドリウスに命じられ、オセは懐からソムリエナイフを取り出す。テーブルに置かれたワインボトルを手に取ると、彼は器用な手つきでコルク栓を抜き、ワイングラスに赤い液体を注いでいく。

その様子を目で追いかけながら、アンドリウスは懐かしげに話しはじめた。

「セオドアは、実にできた男だった。十代前半の頃からずば抜けた剣の腕を持ち、王国内で右に出る者はないと評されるほどにな……。先代の国王――、私の兄もそんなセオドアを殊のほか気に入っていたようだった」

そう言って、アンドリウスはワイングラスを手に取る。それをゆっくり傾けると、目を閉じて数秒ほどその香りを愉しんでいた。

——どういうことだ？　なぜいきなり王国にいた頃の話をはじめたんだ……？

シオンは意図を探るためにその表情を窺う。

アンドリウスは意味あり気にくすりと笑うと、ワインに口を付けることなく続きを語り出した。

「セオドアが十代後半になる頃には、兄上はあの男に王国騎士団の指揮を任せるようになっていた。サブナック家は古来より王家に対する忠誠心が強いことで有名だ。セオドアも例に漏れずで、兄上はそういった部分も買っていたのだろう。おまけに、あの目立つ容姿……。果たして本人は気づいていたのか、実に多くの者があの男に憧れを抱いていた。王族である私が霞んでしまうほどにな……」

そこまで話すと、アンドリウスはシオンに目を移す。

感情の読めない灰色の瞳が僅かに細められ、無意識に身体に力が入った。

「やはり、おまえはセオドアによく似ている。息子たちの中で、あの男の血を一際強く感じていたが、ここまでそっくりに成長するとはな。おまけに騎士としても申し分のない素質を持っている」

「……それがどうした。似てると言ったり違うと言ったりどっちなんだ。親子なんだから似て当然だろうが」

「まったく……、なんと口の悪いやつだ。性格は、セオドアとは大違いだ。あの男は呆れるほど我慢強かったからな……」

アンドリウスは肩を竦めて盛大にため息をついてみせる。

だが、最後の一言が妙に癪に障った。セオドアをわざと不遇に扱ってきたことをほのめかしたように聞こえたからだ。

「なに、私は試してみただけだ。王家に忠誠を尽くす軍人とは、果たしてどこまでのものなのか……。兄上から公爵領を譲り受けたとき、セオドアを連れてきたのもほんの好奇心に過ぎなかった。……まぁ、どこまでも言いなりというのは、実につまらないものだったが」

「……よくもぬけぬけと」

「くくく…、しかし、そんなセオドアが、私にイーリスを奪われたときだけは違っていた。憎しみの籠もった双眸で私を睨み、嚙みしめた唇からは真っ赤な血が滲んでいた。それにもかかわらず、主君に刃向かうことができずに絶望に沈みゆく様はなんと滑稽だったことか……っ！」

アンドリウスは目を見開き、心底愉しげに笑っていた。

しかし、シオンには何がおかしいのか少しも理解できない。

内心では怒りを感じるばかりだったが、後ろ手に縛られた縄はがっちり結ばれて解くことができない。たとえこの縄が解けたとしても、身体も椅子に括りつけられているため、飛びかかって殴りつけることすら叶わなかった。

——結局、父上にはなんの落ち度もなかったってことか……。

『試してみた』とそれらしい理由を取り繕っているが、実際はそうではない。

動機があるとすれば、それは子供じみた嫉妬によるものだ。

自分より目立つ相手がいることが気に入らなかった。兄が自分より他人を優遇しているようで許せなかった。

すべては自尊心を満たすためでしかない。

それだけのために、アンドリウスは父の婚約者を奪い取ったのだ。

「アンドリウス……、おまえは、ルチアの母上をどう思っていた？　愛する気持ちは少しもなかったのか？」

本当は腸が煮えくり返る思いだったが、シオンは感情を押し殺して問いかけた。

多少なりとも愛情があったなら、ルチアもイーリスも少しは報われるかもしれない。

なんとも思っていないのに、何年も愛人関係を続けられるわけがないだろう。

イーリスははじめの子を流産しているのだ。

その際に、父は別の女性と結婚してイーリスとの関係は終わってしまったが、アンドリウスは彼女との関係を続けてきた。せめてルチアが生まれたのは、二人の中で育まれた愛情があったからだと思いたかった。

「どうして私があの女を愛さなければならない？」

「な……」

「冗談にしては笑えんな。まったくあり得ない話だ」

吐き捨てるように言うと、アンドリウスはワイングラスに口を付け、中身を一気に飲み干した。

――なんだ……？

心なしか、目が充血して苛立っているように見える。

何か気に障ることを言ったのか、考えてみるがわからない。

ふと、シオンは空になったワイングラスに視線を移し、さらに思考を巡らせる。

密かに、あのワインには自分への毒が仕込まれているのではと思っていたが、どうやら違っていたようだ。

ならば、所狭しと並べられた料理のほうに入れられているのだろうか。

急に感情的になったように見えるアンドリウスに対しても、シオンは注意深く様子を窺うことにした。

「だったら、ルチアを引き取ったのはなぜだ。好きな女との娘だからじゃないのか？」

「まだ言うかっ！　それ以上、私を愚弄するのは許さん……ッ」

どういうことだ？

なぜ今のが愚弄していることになる？

イーリスの話になった途端、アンドリウスは突然感情をむき出しにしはじめたように思えてならない。

「……許さんぞ……」

アンドリウスは低く声を震わせて立ち上がった。

わなわなと拳を握り、苛立ちを抑えきれない様子でテーブルをダンッと殴りつけると、周辺の食器が大きく揺れる。アンドリウスは怒りの形相で唇を歪め、シオンを睨め付けていた。

「アンドリウスさま、どうされましたか？」

すると、これまで黙っていたオセが口を開く。

どうやら、彼もアンドリウスの異変に気づいたようだ。ワインボトルをテーブルに置くと、窺うように僅かに首を傾げた。

アンドリウスのほうは、そんなオセを見て悔しげに顔を歪ませている。

それでも、先ほどより感情が多少鎮（しず）まっているのか、握った拳を僅かながら緩めるのが見て取れた。

もしかすると、こういうことははじめてではないのかもしれない。

オセは特に顔色を変えることなく、アンドリウスの様子を冷静な目で見つめていた。

「……私は、あの女のことなどなんとも思っていない。オセ、おまえならわかってくれるはずだ」

「えぇ、わかっていますよ」

「そうか、おまえならわかってくれると思っていた。そう、愛してなどいない……。あの女……、危篤だというから久しぶりに会いに行ってやったのに、セオドアの名ばかり繰り返しおって……」

アンドリウスはぶつぶつ言いながら椅子に座り直す。

肩で息を繰り返すことで、高ぶる感情をなんとか抑え込んでいるようだが、シオンを睨む眼差しは依然として憎悪に満ちている。その濁った灰色の瞳が見ていたのは、若き頃のセオドアだったのかもしれない。

「あの男の血は絶やさねばならない。それが私に与えられた天命なのだ」

大広間に地を這うようなアンドリウスの声が響く。

――そういうことか……。

その瞬間、シオンの中でようやくすべてが繋がった思いがした。

ルチアの話では、イーリスは階段から落ちてほとんどの記憶を失っていたはずだ。

それは娘のルチアも例外ではなかった。今の話からするに、イーリスはこの男のことも忘れてしまったようだった。

しかし、一つだけ例外があったのだ。

イーリスは、セオドアのことだけは覚えていた。

はっきりとすべてを覚えていたわけではないのかもしれない。その名前だけ覚えていた可能性もある。今となっては誰にもわからないことだが、少なくともアンドリウスは最後の最後で盛大に自尊心を傷つけられ、行き場のない思いはセオドアへの復讐心へと変わっていった。リチャード、ラッセル、そしてシオン——、息子たちを殺める動機は、イーリスの死に際に生まれたものだったのだ。

——ならば、ルチアを引き取ったのも父上への復讐のために……？

セオドアにとって、ルチアは愛した女の娘で、憎い男との間に生まれた娘でもある。そんな娘を自分の息子の婚約者にあてがうなど非道極まりないが、アンドリウスが己の自尊心や復讐心を満たすためにしたことだとすれば納得がいく。何年もかけて息子たちを殺め、この上ない愉悦を味わっていたことも容易に想像できる。

この三年間、ルチアはずっと不遇の身だった。

アンドリウスがそれまで一度も会ったこともない娘を引き取ったのは、復讐に利用するためでしかなかったのだ。

『死神令嬢』などと噂を流したのも、おそらくアンドリウスの仕業だろう。

そうすることで、相次ぐ婚約者の死に関心を寄せる周囲の目を誤魔化そうとした。

自分は何一つ手を汚すことなく、どこまでも卑怯で卑劣なこの男なら十分考えられる話だった。

「オセ、彼にもワインを注いでやれ」

「……ッ」

やがて、アンドリウスから放たれた一言にシオンは唇を噛みしめた。

目の前に標的がいようと、この男は自ら手を汚すことはしない。

オセは特に返事をすることもなく、再びワインボトルを手にして別のワイングラスに赤い液体を注いでいく。半分ほど満たしたところで、彼はそのワイングラスだけを持ってシオンのもとまでやってきた。

「……アンドリウスさま、彼は縄で縛られていますが」

「おまえが飲ませてやればいいではないか」

「人使いが荒いですね」

「くく、あとで褒美をやろう。考えておけ」

アンドリウスは笑いをかみ殺しながら、オセが置いたワインボトルを取り、自分のワイングラスに注いでいく。そのまま中身をぐいっと飲み干すと、上機嫌な様子でシオンのほうを見つめていた。

――どういうことだ？　毒は何に仕込まれているんだ？

ここでシオンを殺すつもりなら、今オセが持っているワインが毒入りと考えるべきだろう。

しかし、それでは同じワインボトルから注がれたワインをアンドリウスが飲んでいる説明がつかないのだ。

――それとも、そのワイングラスに毒を塗っているのか……？

いつ毒を混入させたのかわからないなら、それが正解かもしれない。

やがて、オセはシオンの口元にワイングラスを近づけていく。

目の覚めるような碧眼が極限まで見開かれ、薄い唇は弧を描いている。

間違いない。ここで俺を仕留める気だ。

シオンは本能的に理解すると、大きく息を吸い込んで広間中に怒声を響かせた。

「おまえら、何突っ立ってんだ！　もう十分言質は取っただろうが……ッ!?」

「……なに？」

その瞬間、シオンの後ろにいた二人の兵士が同時に剣を抜く。

右後方にいた兵士が真っ先に剣を振り上げ、その切っ先は椅子に括られたシオン目がけて振り下ろされた。

だが、その剣が切り裂いたものは、シオンを拘束していた縄のほうだ。

すると、今度は左後方にいた兵士が後ろ手に縛られたシオンの縄を剣先で切り裂いていく。

オセもアンドリウスもこの展開は予想できなかったのだろう。

身体が自由になるや否や、シオンはオセを蹴り飛ばして兵士から剣を奪い取り、アンドリウスに向かって走り出した。

「アンドリウス、おまえだけは許すものか……っ！」

なんとふざけた理由で兄上たちは殺されてしまったのだろう。

この男のせいで、ルチアもずっと傷つけられてきた。

絶対に許すものか。

この俺が始末してやる。

もう誰も苦しまないように終わらせてやる。

「なん……っ!?」

シオンはテーブルに乗り上げると、剣を低く構えた。

さまざまな怒りに突き動かされて、もはや自分では止められそうにない。驚嘆の表情を浮かべる標的目がけて、疾風のごとく飛びかかっていた。

「――ッぐ、ぎゃぁあ――……ッ」

その直後、上腕に強い手応えを感じ、大広間に絶叫が響き渡った。

アンドリウスは思いきり飛びかかられて床に仰向けに倒れ込み、その表情は苦悶に満ちている。シオンの上腕に感じた手応えは、アンドリウスの身体を貫いたことの成果にほかならなかった。

「……くそ、仕留め損なった」

しかし、シオンは目を細めて小さく舌打ちをする。

心臓を狙ったつもりが、奪った剣はアンドリウスの肩を貫いていた。

――悪運の強いやつめ……。だがまあ、楽に死なせるよりはいい。

シオンは唇を歪めて剣を握り直す。

これで終わりにはしない。生きている間しか痛みを感じることはできないのだから、精々今のうちに苦痛を味わっておけばいい。

「……次は心臓だ」

「ひっぐ」

「できる限り苦しめてやる」

「やめ……、やめてくれ……っ！」

アンドリウスは痛みに喘ぎながらも、シオンの悪魔のような振るまいに青ざめていた。

だが、そこでふと、部屋の四隅にも兵士たちがいたことを思い出したのだろう。アンドリウスは首を横に傾けて、出入り口の近くに立つ兵士に助けを求めた。

「おいッ、そこのおまえ！　何をぼんやり突っ立っているのだ……ッ！　おまえは兵士だろうがっ、早くこの男を取り押さえよ……っ」

助けを求めるというには尊大すぎるが、これまではそれで通用していた。

アンドリウス自身、そのときまでは兵士が自分のために動くものと信じて疑っていなかったはずだ。

「……我々は、あなたの命令に従う義務はありません」

「な……っ」

ところが、その兵士は動くどころかきっぱりと拒絶した。

アンドリウスは目を見開いて口をぱくつかせていたが、兵士は表情一つ変えずにさらにこう言い放った。

「何を申されても構いませんが、この部屋にいる兵士たちの中にあなたの恫喝に怯む者はおりません。我々は、国王陛下の命令でここにやってきたのですから」

「……な、に……？」

思わぬ発言に、アンドリウスは眉をひくつかせている。

おそらく、それだけでは自分の置かれた状況を理解できなかったのだろう。アンドリウスは呆然とした顔で出入り口に立つ兵士を見つめていた。

「我々が動くことになったのは、十日ほど前、国王陛下宛てに一通の手紙が届いたことがきっかけでした。そこには、これまでのあなたの横暴さや多くの貴族の不審死、公爵領の人々が困窮に喘いでいることが書かれてありました。そして、貴族の不審死の中には、かつて王国で英雄とたたえられたセオドアさまのご子息、リチャードさまとラッセルさまが含まれているという内容も記されていたのです。公爵閣下の傍には、オセという曰く付きの医者がおり、もしかしたら兄たちは毒殺されたのかもしれないと……」

「兄…たち、だと……。ならば、その手紙を送った者というのは……」

「そうです。これから自分も同じ道を辿る可能性がある、国王陛下がこの手紙を見る頃にはもう自分の命はないかもしれないと、そうも書かれていました。……ぎりぎりのところで間に合ったようで、我々も安堵しているところです」

そう言うと、その兵士はシオンに目を向けて静かに頷く。

シオンはアンドリウスの肩を剣で貫き、のしかかった状態のままだったが、大広間にいる兵士たちは誰一人それを咎めようとはしない。彼らは、シオンとルチアを助けるために公爵領に来た王国騎士団の精鋭だった。

「先代の国王陛下は、今の国王陛下に王位こそ譲られたものの、いまだ健在であらせられます。しかし、公爵領を譲った弟君――、アンドリウスさまのことでずっと心を痛めてきたようでした。その傍若無人ぶりは、王宮にいても耳に入るほどでしたので察するにあまりあります……。現国王陛下もそのことはご存じだったのでしょう。シオンさまからの手紙を先代の国王陛下にお渡しし、お二方でアンドリウスさまを処罰することをお決めになられたのです」

「なん…だと……っ」

兵士の説明に、アンドリウスの目が真っ赤に充血していく。

あまりの怒りで目の血管が切れたのだろう。禍々しく染まった赤い白目をむき出しにしながら、アンドリウスは激高した。

「ふざけるなッ、誰がそのような馬鹿げた話を鵜呑みにすると思うか……っ！」

「あなたが信じなくとも、我々は役目を果たすのみです」

「この…ッ、オセッ、オセはどこだ!?　早くこの者らを殺せ……っ！　おまえはこういうときのためにいるのだ！」

アンドリウスは何一つ話を受け入れず、ただただ怒り狂っていた。

その怒りは痛みを凌駕（りょうが）しているのか、肩に剣が刺さっていることなど忘れたかのようだ。

肥大しすぎた自尊心ほど醜いものはない。アンドリウスはこの期に及んでオセに殺害を命じ、自分の手足のように使おうとしていた。

「……アンドリウスさま、どうされましたか？」

すると、不意にオセがふらつきながら立ち上がる。

彼はシオンに蹴り飛ばされ、今まで床に倒れていた。

「オセッ、オセ、早く殺してくれ！　おまえだけが頼みなのだ……っ」

「誰を殺すのですか？」

「何を言ってる、ここにいる全員だッ！　セオドアの息子と……ッ、それから、兵士たち……、ぜ、全……──」

だが、オセに助けを求めていた最中、アンドリウスの動きがぴたりと止まった。

──なんだ……？

剣で肩を貫かれた状態でも威勢だけはよかったというのに、アンドリウスは突然ぶるぶると唇を震わせ、充血した目が完全に血に染まったようになる。いつしか全身ががたがたと震え出し、シオンは異変に気づいてその場から離れた。

「うっ、げふ、がはぁ……っ」

苦悶に顔を歪めると、アンドリウスはワインを吐き戻す。

息を荒らげ、喉を掻きむしる様子はやけに既視感を覚えるものだった。

「……オ、セ…、貴様ぁ……」

ややあって、アンドリウスは目をむき出しにして宙を睨みつける。

視線の先には誰もいなかったが、それに応えるようにオセが近づいていく。

そのすぐ後ろには兵士がついていた。

しかし、オセは少しも気にすることなく愉しげに笑いながら、アンドリウスの傍で立ち止まった。

「あぁ、そうでした。毒を盛るのは二杯目だけという話でしたね。うっかり忘れてワインボトルにすべて入れてしまいました」

「お…のれ……ッ」

「けれど、あなたはもう終わりのようです。ですから、私のしたことはどうか水に流してくださいね」

オセはそう答えるや否や、懐から再びソムリエナイフを取り出した。

邪悪な微笑と狂気のような別れの言葉に場が凍りつく。

次の瞬間、オセはソムリエナイフを握りしめると、なんの躊躇いもなくアンドリウス目がけて振り下ろした。

「――…ッ」

直後、辺り一面に血しぶきが飛び散った。

見れば、アンドリウスの首から大量の血液が噴き出している。

当人はもはや声を出すことすらできないのか、顔中血だらけにしてびくんびくんと肩を揺らしていた。

そんな様子を愉しげに見下ろしながら、オセはひっそりと囁く。

「アンドリウスさま、あなたは病人です。だから私を必要としていたのですよ。助けを求められて突き放せる医者などいるはずもありません。この際、悪い血はすべて出しきりましょうね。この程度ではまだまだ足りませんから……っ」

オセは笑いながらソムリエナイフをアンドリウスの首から引き抜いた。

間髪を容れず、もう一度振り上げようとしたが、それより前に背後にいた兵士に取り押さえられてしまう。

オセは一瞬苛立ちをあらわにするも、すぐに満面に笑みを浮かべた。

アンドリウスは剣で肩を貫かれ、首から血を噴き出した状態ですでに事切れていたからだ。

「あぁ、やっと邪魔者がいなくなった！　イーリス、見てるかい？　君もさぞ喜んでいるだろう!?」

オセは目を輝かせ、宙を見て叫んでいる。

あまりの惨状に兵士たちも顔をしかめていたが、素早くオセを拘束すると大広間の外へと連行していく。廊下に出たあとも彼はおかしなことばかりを口走り、しばらくその声が屋敷中に響き渡っていた。

「……狂ってる……」

シオンは掠れた声で呟く。

大広間にはシオンと数名の兵士、それから息絶えたアンドリウスしかいない。

目を背けたくなる光景に、シオンは乱暴に前髪を掻き上げた。

狂っているのは、何もアンドリウスやオセだけではない。

自分もきっと彼らと変わらない。

オセがなぜあのような凶行に出たのかはわからないが、彼がやらなければ自分がやっていた。

復讐心に火がつき、シオンは本気でアンドリウスの心臓をひと突きにするつもりでいたのだ。

苦しめて死なせようなどという考えは、あの瞬間にはなかった。

まっすぐ狙ったつもりだったのに、どうしてとどめを刺せなかったのか……。

だが、そのことにどこか胸を撫で下ろす自分もいた。

シオンは両手を広げ、自分の手のひらをじっと見つめる。

もしかしたら、僅かに残っていた理性がアンドリウスにとどめを刺すことを阻んだのかもしれない。

あんなやつでも、ルチアの父親だ。

自分があの男の息の根を止めていたら、もう二度と彼女に触れられなかっただろう。

躊躇わずに触れるにはルチアはあまりにも真っ白だった。

「――シオン……ッ！」

大広間を出ると、涙声で自分を呼ぶ声が廊下に響く。

声のするほうには、警護の兵士に付き添われたルチアがいた。

彼女は目に涙をいっぱいに溜めてこちらに近づこうとしている。

その姿を見た途端、シオンは胸の奥から熱い想いが溢れ出し、彼女のもとへと駆け寄った。

「ルチア……っ」

「シオン……ッ、シオン……ッ！」

彼女は泣きじゃくりながら胸にしがみついてくる。

カタカタと肩を震わせ、それしか知らないようにシオンの名前を繰り返していた。

――まさか、見てしまったのか……？

ここからでは大広間の中の様子は見えないはずだが、何かしら聞こえてしまった可能性はある。

あるいは、オセが中から出てきたところを目撃してしまったのかもしれない。なんにしても、彼女が大きなショックを受けていることは間違いなかった。

「すまないが、少しここから離れたい。彼女を休ませたいんだ」

「……では、客間をお使いください。我々は、国王陛下にあなた方の警護も頼まれています。細かな話は明日以降お聞かせいただくことになりますが、居場所はこちらも把握しておきたいのです」

「わかった」

「それでは客間まで先導します。この屋敷は我々の支配下となりましたが、ルチアさまに害を為す者がいないとも限りません」

シオンはルチアを警護していた兵士に客間まで先導してもらうことになった。

当然ながら、その兵士もまた国王の寄越した精鋭の一人だ。

国王がルチアを王家の血を引いた姫君として扱ってくれるとわかり、シオンは安堵しながら彼女を横抱きにして歩き出す。

途中、クロエとサミュエルが自分たちを遠くから見ていたことに気づいたが、脅えた様子でこちらに近づいてくることはなかった。

――もしも彼らが近づいてきたとしても、俺はルチアを守るだけだ。

誰であろうと、彼女を傷つける者は許さない。

本当は、誰よりも近くで彼女を守りたいとずっと思っていた。それが許される立場にないことが、心の底から悔しくてならなかった。

そんな想いを胸に、シオンはルチアを強く抱きしめる。

必死でしがみついてくる華奢（きゃしゃ）な身体が愛しくて、気を抜くと抱き壊してしまいそうで少しだけ怖かった――。

❀　❀　❀

——その後、シオンとルチアはほとんど会話もなく、十分もしないうちに客間にたどり着いていた。

大広間のほうから兵士に先導してもらっていたが、彼とは今しがた部屋の前で別れたので、ここには二人きりだ。

シオンは彼女を横抱きにしたまま、念のために内鍵を掛ける。

この屋敷が自分たちに安全な場所であるとはまだ確信が持てない。

ルチアの顔を覗き込むと、彼女は涙で顔をぐちゃぐちゃにして抱きついてきた。

「……ルチア、もう泣かなくていい。全部終わったから……」

「シオン、シオン……っ」

その身体は、小さく震えている上にやけに冷たい。

シオンは宥めるように背中をぽんぽんと撫で、できる限り優しく囁いた。

「あのな、実はルチアがオセに連れ去られたあと、さっきの兵士たちが俺の屋敷に到着したんだ。もともと、アンドリウス側の兵士は士気が低かったし、俺たちだけでもそれなりに戦えていたんだが、国王陛下の命令で兵が動いたとわかった途端、やつらはあっさり降伏した。だから、オセの屋敷に向かったときに追いかけてきた兵士たちは、俺たちの敵ではなかったんだ」

「……あの兵士たち全員……？」

「すまない。本当はルチアにそのことを伝えたかったんだが、真相を確かめるまではオセに事実を悟られないほうがいいという話になってな……。まぁ、俺のほうも、あそこまでボコボコにされて気絶させられたのは予想外だったんだが……」

シオンはオセの屋敷での出来事を思い返して苦笑いを浮かべた。

芝居を打つことになったのはいいが、まさかあそこまで容赦がないとは思っていなかったのだ。中途半端なことをして怪しまれては元も子もないとはいえ、シオンのほうは敢えて隙を作っていたこともあり、今ごろになって『もっと本気で対抗すればよかった』などとそんなことを考えてしまった。

――あれでも、加減はしていたんだろうが……。

彼らとは、まったくの初対面というわけではない。

シオンが騎士団に所属していたとき、遠征した先で王国騎士団の一員として顔を合わせたことのある者が何人かいるのだ。

さすがに軽口を叩ける間柄ではないが、信頼できる連中であることは間違いない。士気の高さは国王への忠誠心の証でもあるから、アンドリウス側の兵士が勝てる見込みなどははじめからありはしなかった。

「……ルチア、ごめんな」

シオンは、もう一度ルチアの顔を覗き込む。

すると、彼女はシオンにしがみついたまま僅かに顔を上げる。先ほどより多少落ち着いたのか、涙の浮かんだ目で小さく首を横に振ってみせた。

「そんなふうに謝らないでください……。話なら、大体のことは聞きました。気を失ったシオンが連れて行かれて、私も公爵家に連れ戻されたあと、自室で待っているように言われたんです。それからすぐに『あなたを保護しにきました』と、先ほどの兵士が来ていろいろ教えてくれたんです」

「そうだったのか」

「だけど、それでもずっと怖かったんです……。シオンに酷いことをした兵士たちが本当に味方なのか信じきれなくて、あなたがいなくなってしまったらどうしようって……っ。だから必死で頼み込んで、大広間の近くまで連れてきてもらったんです。部屋の中に入ることは許してもらえませんでしたが、もしものときは何をしてでもシオンの傍に行こうと思って……」

「ルチア……」

「もう、あなたと離れたくなかったから……っ」

「……っ」

ルチアは再び涙を流してしがみついてきた。

肩を震わせ、嗚咽を漏らす姿に堪らない気持ちが湧き起こる。

彼女は、これまで身近な者を何人も失ってきた。

本当は誰よりも人の死に脅えていたのかもしれない。

そう思うといたたまれなくなり、シオンは彼女のこめかみや頬、唇に労るようにキスを落とす。そのうちに高ぶる感情を抑えられなくなり、彼女を横抱きにしたまま足早にベッドに向かった。

あんな出来事のあとに何を考えているのだろう。

自分でもそう思ったが、人生で己の死を間近に感じる瞬間などそう何回も体験できるものではないはずだ。生き延びることができたからこそ、理性より本能的な部分が強くなっていたのだ。

一歩間違えれば、本当に死んでいた。

あのワインを一口でも飲んだら終わっていた。

オセに無理やりワインを飲まされそうになった瞬間が頭を過り、シオンは密かに背筋を震わせる。ルチアをベッドに横たえると、すぐさま彼女にのしかかって自身を奮い立たせるためににやりと笑ってみせた。

「俺が死ぬわけないだろう？　おまえは、呪われた娘じゃないんだからな」

「……ッ、シオン……」

「それに、あんな腰抜け共にこの俺が負けるかよ。好きな女を守れないようじゃ、騎士として鍛練を積んできた意味がないじゃないか」

そう言うと、シオンはルチアに嚙みつくように口づける。

「……ン…ッ」

彼女は一瞬肩をびくつかせたが、すぐにシオンの舌を受け入れ、自らも小さな舌を絡めてきた。

たどたどしく動く舌先に心をくすぐられる。

彼女の舌を獰猛に搦め捕ると、戸惑い気味に受け入れてくれるのが愛おしい。

角度を変えて口づけを繰り返すうちに、時折「ごめんなさい」とすすり泣く様子が胸の奥に響く。

ルチアは、オセに騙されて屋敷を離れてしまったことを悔いているのだろう。

だが、シオンも彼女が裏切るつもりでそうしたわけではないことはわかっていた。

オセにとって、ルチアを惑わせることなど造作もなかったはずだ。

彼女が約束を破ったのは、シオンを助けたかったからというのは容易に想像できることだった。

「……ルチア、自分を責めるのはこれで最後だ。全部わかってるから、もう泣かなくていい」

「ふ…ぅ…、シオ…ン……」

口づけの合間に囁くと、ルチアの目から大粒の涙が零れ落ちていく。

どうやら、彼女の涙腺は壊れてしまったようだ。泣かなくていいと言ったばかりなのに、次から次へと涙が頬を伝っていた。

そんな彼女がかわいくて仕方ない。

シオンの名前ばかり呼ぶのは、ほかの言葉が出てこないからだと思うと、どうしようもなく気持ちが高揚してしまう。もう一秒も時間を無駄にしたくなくて、シオンは彼女の白いドレスの裾を摑んで一気にたくし上げた。

「白いドレスは、俺が今度別のを用意するから……」

「……っ」

胸元まで強引に捲ると、ルチアは頬を赤くして恥じらいを見せた。

しかし、抵抗するどころか、彼女は脱がせやすいように身を捩って協力している。

愛撫さえ忘れて真っ先に白いドレスを脱がせ、彼女がドロワーズだけになるまであっという間の出来事だった。

――いつまでも、こんなドレスを着せておけないからな……。

シオンははぎ取った白いドレスを一瞥すると、僅かな苛立ちを感じながら床に投げ捨てる。

どう見ても、あれはウェディングドレスだ。

やはりオセは、ルチアに恋愛感情があったのだろうか。

欲望を抱いていたかまではわからないが、少なくともルチアに特別な感情を抱いていることは確かだ。

　気になるのは、アンドリウスを殺したあとに『イーリス』と叫んでいたことだが、今は考えたところで何もわからない。彼もまた過去の因縁に巻き込まれた被害者という可能性もあったが、シオンにとっては兄たちの敵であるため、どんな理由があろうと許すつもりはなかった。

「ルチア、おまえのすべてを見せてくれ」

「……ぁ…あ……」

　シオンはルチアの乳房を揉みしだき、果実のような蕾を舌先で舐った。

　甘い声を上げるたびに、彼女から芳しい香りがしてきて、それだけで理性の箍が外れそうになる。

　喰らい尽くしたくなる欲望に駆られ、シオンはそれを我慢するために何度も乳房を甘噛みし、彼女の脇腹や腰、背中を弄ってからドロワーズの腰ひもを素早く解いていく。

　ドロワーズの裾を引いて強引に脱がすと、ルチアの顔は真っ赤に染まったが、その間も彼女は腰を浮かせて協力してくれたから何一つ手間取ることはなかった。

「脚…、開いて……」

「あ…ぁ、そんな急に……」

　徐々に息が乱れ、興奮が隠せなくなってくる。

　太股に触れると微かに震えているのがわかったが、シオンはそれを見なかったことにして彼女の膝を左右に大きく開いてしまう。

するとと、彼女の中心は淫らに濡れ光っていて、シオンはごく…と喉を鳴らしながら膝頭に口づけを落とした。

「……ルチアのアソコ…、もうすっかり濡れてる……。まだ触ってもいないのに、どうしてだろうな」

「そ…、そんな、どうして……？」

「聞き返されても、俺にはわからないよ。だが、こうやって太股を撫でたり、膝にキスをすると中心がひくつくのが見える……」

「ふ…ぁ……」

「ほら…、また蜜が溢れ出した」

「んっ、あ、ああ……っ」

シオンは意地悪をするように、ルチアの太股を指の腹で何度も撫でる。

それと同時に膝頭から内股の付け根付近にかけて、いくつもの赤い痕をつけながら口づけていく。

彼女はやや混乱した様子で目に涙を浮かべていたが、そのうちに自分でも中心が濡れていることに気づいたのだろう。顔を朱に染め上げ、恥ずかしそうに身を捩りながら喘ぎ声を上げていた。

——堪らないな……。

余裕があれば、この光景をずっと見ていたいくらいだ。

しかし、今日ばかりはそんな悠長なことは言っていられない。シオンは彼女をベッドに押し倒したときから、湧き上がる熱を持て余していた。

「ひぁっ、あぁぁあう……ッ」

彼女の中心に指を差し込むと、ぐちゅ…と淫らな音が響く。

ルチアはシオンの指を締めつけながら、喉を反らして嬌声を上げた。

なんていやらしい声だ。もっと聞かせてくれ。

そんなことを思いながら、シオンはさらに奥へと指を差し入れる。

なんの抵抗もなくすんなり第二関節まで入ってしまい、すぐさま指を三本に増やして出し入れを繰り返す。濡れ光る自分の指を見ているうちに、シオンは我慢できずに襞を舐り、舌先で陰核を執拗に刺激していった。

「や…ああッ、あっあっ、あぁぁ……っ」

ルチアは何度も首を横に振り、淫らに喘ぎ続けている。

内壁を擦るように指を回すと、びくびくと下腹部を震わせてシーツを強く握りしめる様子はこの上なく扇情的だ。

熱く締めつける内壁の感触が気持ちいい。

シオンは自分の中心で彼女を貫いたときのことを思い浮かべて息を乱す。

これまで何度も肌を合わせてきたが、彼女は日を追うごとに快感に弱くなっている。

今日の彼女はかつてないほど敏感だから、この辺りが限界かもしれない。シオンもかなり興奮が高まっていたが、彼女はそれ以上のようだ。執拗に刺激し続ければ、たちどころに達してしまいかねなかった。

「もう…、大丈夫そうだな」

「っは、はぁ、あぁ……」

指を抜くと、ルチアはとろんとした目で胸を上下させる。

シオンは逸る気持ちを抑えて、上衣とシャツを脱いでいく。

上半身裸になると手早く自身の下衣を寛がせ、肩で息をしながら再び彼女にのしかかった。

「ルチア、いいか……？」

「……あ、…ん…、シオン……」

掠れた問いかけに、彼女は目を伏せて頷く。

恥じらった表情にますます気持ちが高ぶり、シオンは猛りきった己の熱い先端を彼女の秘部にあてがう。

濡れそぼつ中心を押し開いていくと、内壁が淫らに蠢き、シオンは堪らず腰を強く突き出す。本当はもっと時間をかけたかったが、我慢できずに一気に最奥まで貫き、ルチアはびくんと背を反らして悲鳴に似た嬌声を上げた。

「あっ、あぁぁ――…ッ！」

「――…う…っく……」

断続的な強い締めつけが堪らない。

涙を浮かべて必死にしがみつく彼女の様子に頭がくらくらした。

シオンは深く息をつくと、ルチアの首筋に顔を近づけ、肌に散る薔薇(ばら)の花びらのような痕に唇を這わせる。

こんな痕をつけなくても、彼女はもうどこへも行かない。

彼女が離れていくことを恐れる必要もないのだ。

シオンは思いのままにルチアの首筋の痕に何度も口づけ、ゆっくり腰を引いてから最奥を軽く突く。小さな唇を震わせ、甘い喘ぎを上げる彼女を間近で見つめながら抽送を開始した。

「あぁっ、あっあっ、あっ、ああ……ッ」

「ルチア、痛みはないか……？　今日は俺もあまり我慢できそうにない。辛かったら言ってくれ。なるべく激しくならないように努力するから……」

「ひぁっ、ああっ、シオン…、シオン……っ」

耳元で囁くと、ルチアはびくびくと肩を震わせた。

彼女は情事のときは、いつも以上にシオンの名前を口にする。

本人はそのことに気づいていないだろうが、こんなふうに呼ばれると、自分が彼女の特別な相手だと言われているようで余計に胸が熱くなった。

——少し前まで、こんな日が来るとは想像もしてなかったのにな……。

シオンは激しく腰を前後させ、快感に乱れる彼女の姿を間近で見つめながら、二人が出会ってからの日々に想いを馳(は)せた。

十五歳のとき、はじめてルチアと出会った日のことは今でもよく覚えている。

アンドリウスに呼ばれ、家族で公爵邸に向かう道すがら、シオンはふらふらと歩く少女が気になって自分だけ別行動をとっていた。樫の木の下で彼女と話をするうちに、シオンはこのまま彼女を自分の家に連れて帰りたいと思うまでになっていた。

今だからわかるが、あれは自分の初恋だった。

だからこそ、一番上の兄がルチアと将来結婚すると知って、シオンは内心ものすごくつまらない気持ちになって、あの場で彼女から目を逸らしてしまったのだ。

それから一年ほどが経ってリチャードが急逝し、哀しみも癒えないうちにラッセルが彼女と婚約したときは、もう自分の気持ちに気づいていたが、知らない振りをして行き場のない気持ちをやり過ごそうとした。

彼女には最愛の兄と幸せになってほしい。ラッセルならきっと幸せにしてくれる。

胸の奥に燻り続ける初恋を諦め、自分は陰ながら見守ろうと、シオンはいずれ家を出て新たな道を進むつもりだった。

それにもかかわらず、ラッセルまで急逝したことで、ルチアは図らずも自分の手の中に落ちてきた。

アンドリウスの策謀だということは、シオンもとうに勘づいていた。

それでも、シオンは迷うことなく彼女の婚約者となることを選んだ。

次は自分が殺される番だとわかっていたが、この機会を逃したくないという想いのほうが強かったからだ。

——やっと俺の手の中に落ちてきたのに、みすみす逃すわけがない……。

どうしたって、ルチアを手放せるわけがなかった。

清廉潔白な青年を装うことすらできないほど彼女がほしくて仕方なかった。

もう指を咥えて見ている必要はない。ほかの男にとられるのはもうたくさんだ。

そんな感情が彼女を公爵家から連れ出す原動力となったのだろう。ルチアを自分のものにしたあの夜、密かにオセと逃げるつもりだったと知って、シオンは感情的にサブナック家の屋敷に彼女を連れ帰ってしまった。

「ああっ、シオン…ッ、シオン……っ」

「ルチア…、もっと、もっと近くに……」

「ひ…ああっ、ンッ、あっ、あああ……ッ！」

「……っく、ルチア……ッ」

何一つ後悔はない。

今思えば、彼女を連れ出すのはあの夜しかなかった。

あのときに連れ帰らなければ、きっと今とは違う未来になっていただろう。

国王への手紙には、自分にもしものことがあればそのときはルチアだけでも保護してもらいたいと嘆願していた。国王の兵士が到着したときも、シオンは彼女を守ってくれるなら自分の命はどうなってもいいと彼らに頼み込んでいたのだ。

こんな話をすれば、ルチアはきっと怒るに違いない。

そんなことになれば、彼女は一生自分を責めてしまうだろう。

そうならなくてよかった。

最後まで諦めなくて本当によかったと心から思う。

「シオン…、……き……、好……」

そのとき、不意にルチアが何かを囁く。

何か言おうとしているのは伝わるが、途切れ途切れでよく聞き取れない。

「ルチ…ア……？」

「シオンが、好き……。はじめて会ったときから、ずっと……。あなたが好きです……。だめだとわかっていたけど、どうしても諦められなかった……。だって、シオンが見つけてくれたから……」

「……え……」

見つけてくれた？

一瞬、頭の中に彼女と出会った光景が浮かび、シオンは息を震わせる。

問いかけるように小さく首を傾けると、ルチアはぽろっと涙を零し、花が綻ぶような微笑を浮かべた。

「ありがとう……。私を見つけてくれて……」

「――……ッ」

こんなことがあっていいのだろうか。

ずっと、自分だけが彼女を想い続けていたのだと思っていた。

同じ気持ちを抱いていたなんて、そんな都合のいいことがあるはずがないと勝手に考えていた。

シオンは込み上げる感情のままにルチアを掻き抱く。

こうして彼女にまた触れられたことに感謝し、想いの丈をぶつけるように激しい抽送を繰り返す。二人が繋がった場所からは、どちらのものかもわからない蜜が溢れて淫らな音を奏で続けていたが、想いが募るほど狂おしいものへと変わっていった。

「ルチア…ッ、俺も…、……だ……」

「ンッ、あっあぁ……、あ、ああ……っ、シオ…ン……ッ」

「おまえが、好きだ……。ずっと、おまえだけが好きだった……っ」

「……っ、あぁっ、あああ……ッ!」

「ルチア……ッ!」

強く抱きしめ合い、無我夢中で肌をぶつけ合う。

互いに唇を貪り合い、ルチアも律動に合わせて自ら腰を揺らめかせていた。

シオンはさらなる快感を求め、彼女の全身を小刻みに揺さぶっていく。

濃厚な口づけを繰り返して酸欠になりそうだったが、離れがたくて舌先で彼女の小さな舌を愛撫し続けた。

そのうちに、彼女の内壁が大きく痙攣しはじめ、限界がすぐそこまで迫っていることを伝えられる。シオンは頂へと誘うように腰を前後させると、最奥を激しく擦り上げて最後の一押しをした。

「ひうっ、ああっ、あぁぁああ――……ッ！」

「――……っく……！」

ルチアは喉を反らせて一気に高みへと上っていく。

シオンもまた絶頂に喘ぐ内壁の蠢きに堪えられず、僅かに遅れて背筋を震わせながら最後の瞬間を迎える。

彼女の最奥に大量の精を放っても、なかなか律動を止めることができず、かつてないほどの快感に目の前が真っ白になるようだった。

「……っは、あ…、は……、あ……」

いつしかシオンの動きは完全に止まり、二人の忙しない呼吸音とルチアの甘い喘ぎ声だけが部屋に響く。

シオンは柔らかな身体をきつく抱きしめ、すぐ傍で聞こえる息遣いにじっと耳を傾ける。

息をするたびに上下する彼女の胸の感触にこの上ない安らぎを感じていた。

「シオ……ン……」

「……ん」

不意に、遠慮がちに頭を撫でられ、その気持ちよさに思わず吐息を漏らす。

今さらながら、自分が生き延びたことを実感した。

もしものことなど誰にもわからない。

そう思うからこそ、自分の命を無駄にしたくなかった。

この先もずっと、シオンは自分が選び取った道に間違いがないと胸を張って言えるだろう。

耳に心地いい澄んだ声で呼ばれ、シオンは静かに目を閉じる。

花のような彼女の笑顔を見続けることができるなら、たとえどんな代償を払ったとしてもお釣りが出るほど幸福な人生を歩めるに違いなかった——。

終章

——一か月後。

いつの間にか空が高くなり、澄んだ秋風が吹く季節になっていた。

アンドリウスが亡くなったことで多少の混乱も予想されたが、今のところ公爵領では特に大きな問題は起こっていない。

それどころか、アンドリウスが統治していた頃よりも、人々の表情は格段に明るくなっている。

国王が直接公爵領を統治することになり、王国騎士団が治安維持に努めているという安心感もあるだろう。しかし、大半の人々にとっては、アンドリウスの悪政から解放された喜びのほうが大きかったようだ。

それを裏付けるように、アンドリウスの訃報が周囲に伝わっても、その死を嘆（なげ）く者はほとんどいなかった。それればかりか、これまでの横暴な政治や、困窮する領民を放置し続けたことへの不満が噴出したほどだったのだ。

もちろん、すべての者が手放しで喜んでいるわけではなく、彼の子供であるサミュエルとクロエは例外だ。

サミュエルは公爵領を継ぐことが夢だったが、父の死によってそれどころではなくなってしまった。今は自分の立場がどこまで保証されるかという不安で毎晩眠れぬ夜を過ごしているようだが、少なくとも公爵領に居続けることはできそうになかった。

クロエについては、一時は隣国の王との結婚が破談になりかけたものの、その王が若い彼女を殊のほか気に入っていたらしく、予定どおり結婚式が執り行われることになった。しかし、彼女は隣国の王との結婚に乗り気でないようで、今も毎日周囲に当たり散らしているのだという。そんな彼女についていきたいと思う侍女がいるわけもなく、王国騎士団の中から数名ほど結婚式に付き添う羽目になるとのことだった。

そして、一応彼らの義妹となるルチアだが、彼女もまたこれまでとはまったく違う人生を歩もうとしているところだ。

ただし、それは決して悪い意味ではない。

ルチアは今、サブナック家の屋敷で暮らしている。

窮屈で辛い日々は終わりを告げ、新たな人生の扉を開こうとしているのだ。

けれど、どんな人生を歩んでいようと、誰しも多少の心残りはあるものだ。

そんな心の楔（くさび）を解き放つため、その日、ルチアは実に三年ぶりとなる懐かしい場所へと足を運んでいた。

広い庭の隅にぽつんと置かれた木彫りのベンチに、ルチアはシオンと肩を寄せ合って座っていた。

母イーリスと二年間だけ過ごした白亜の屋敷。

「えぇ……」

「――ここが、ルチアが母上と暮らした場所か」

この屋敷を出て三年が経っているから、以前とは見える景色が違う。誰もいなくなって久しいこともあり、庭木の手入れもされずに放置されたままだった。

「ルチアは、ここではいつもどんなふうに過ごしていたんだ？」

「あまり部屋から出ずに過ごしていました。私と顔を合わせると、お母さまはすごく困った表情をされるので、なんだか申し訳ない気持ちになってしまって……」

「……公爵家にいたときと似たような感じだったんだな」

「そうですね……。でも、時々は部屋を出て屋敷の窓から庭を見ることもありました。お母さまがいつもそうしていたから、同じものを見ていたかったんです」

「そう…か……」

ルチアの返答に、シオンはなんとも言えない顔で頷いている。

そっと手を握られて、ルチアはその温かさにほっと息をつき、変わり果てた庭の様子に視線を戻した。

母は、一度も自分に笑いかけることはなかった。

近くにいるのに、とても遠くに感じてそのたびに肩を落としたが、ぼんやりと庭を眺める母の横顔はやけに切なく、その理由を知りたくてルチアもよく庭を見ていた。

「けれど、お母さまは別に庭なんて見ていなかったんだと思います。たぶん『屋敷の外』を見ていただけで……」

「屋敷の外を……？」

「ええ、なんとなくそう思うんです」

僅かに首を傾げるシオンに、ルチアは小さく微笑んだ。

母は階段から落ちて頭を打ったとき、ルチアのことまで忘れてしまっていた。

しかし、シオンがアンドリウスから聞いた話によれば、セオドアのことだけは覚えていたようなのだ。

それを聞いて、ルチアはなぜだか妙に安心してしまった。

たった一人でも大事な人を覚えていられてよかったと、そんな気持ちが自然と湧き上がってきたのだ。

きっと母は、最後の最後で自由になれたのだろう。

今の自分にも愛する人がいるからこそ、そんなふうに思えたのかもしれない。

——だって、この場所はお母さまを閉じこめる檻だったのだから……。

アンドリウスの死については、正直言ってどう受け止めていいのかわからない。

ただ、哀しい人だったのだなと……、そんなことを思っただけだった。

オセのことも、まだ気持ちが整理しきれてはいない。

彼は今、重罪人として投獄されており、これまでの悪事を追及されているところだ。

だが、精神的に不安定なのか、急に昔話をはじめて中断することが多く、なかなか追及が進んでいないようだった。

『——イーリスが流産した数年後、彼女は再び妊娠してルチアを産んだ。私はね、そのどちらにも立ち会っていたんだよ……。本来、男は医者だろうが立ち会うことのできない神聖な領域だが、私は一人の医者として出産というものにとても興味があった。もちろん、アンドリウスさまの許しは得た上でのことだったが……。しかし、私はそこで運命の人に出会ったんだ。憎い男との赤子を産み落とし、絶望の涙を零す彼女は胸に迫るほど美しかった……。私は、これまでイーリスほど心を打たれた女性と出会ったことはない。あの頃から、私は彼女の虜（とりこ）なんだよ……』

オセは、母がアンドリウスとの子を最初に妊娠した頃から公爵家の専属の医者になっていた。

しかも、母が流産したときや、ルチアを産んだときにも出産に立ち会っていたらしく、そのことが彼になんらかの影響を与えるきっかけとなったのは間違いなさそうだ。オセは母とはそれ以上の関わりがなかったにもかかわらず、その後もただひたすら懸想し続けていたようだった。

もしかすると、彼が独身を通してきたのも、その辺りに要因があったのかもしれない。想いを遂げることのないまま母は亡くなり、その面影を強く残したルチアにも特別な感情があったのかは本人にしかわからないことだ。オセ自身はその辺りのことを何一つ語ろうとはしないが、ルチアを見て『イーリス』と呼んだことを思えば、母と重ねていたことは否定できないだろう。アンドリウスにとどめを刺したことについては、『運命の人』を奪った男への長年にわたる殺意と考えられなくもなかった。

――オセ先生にも、ちゃんと想い合える人がいたらよかったのに……。

オセはおそらく極刑を免れないだろうと言われている。

決して堂々と口にできることではないが、いずれ彼がいなくなることへの寂しさがないと言えば嘘になる。ルチアが孤独に過ごした公爵家でオセに救われていたことは紛れもない事実だからだ。

オセは自分には表の顔しか見せていなかった。

実際は悪魔のような裏の顔が隠されていたが、それでもルチアは感謝の気持ちだけは忘れたくなかった。

「シオン、今日はここに連れてきてくれてありがとう」

そう言うと、ルチアは静かにベンチから立ち上がる。

シオンも少し遅れて建物のほうに意識を向けながら立ち上がった。

「屋敷の中は見ていかないのか？」

「えぇ、最後にこの風景を見ておきたかっただけなんです。しっかり目に焼き付けたので、もう十分です」

「……そうか」

自分はもうここへ来ることはないだろう。

この屋敷も手放すつもりだ。

だから、今日は本当に最後のつもりでシオンについてきてもらったのだ。

もうじき、ルチアたちは公爵領を離れて王都に移らなければならない。シオンが国王から直々に『自分のもとで働いてほしい』と請われ、王国騎士団の要職に就くことになったからだ。

国王はルチアにも会いたいと言ってくれているようで、シオンが王宮に出向くときに同行することになっている。少ししたら、二人の結婚式を執り行うつもりなので、しばらくは慌ただしい日々を送ることになるだろう。

もちろん、セオドアも一緒だ。先代の国王はセオドアとの再会をそれは楽しみにしているとのことで、今からいろいろと賑やかな予感がしていた。

「ルチア、本当にここを手放してしまってもいいんだな？」

ややあって、シオンが念を押すように問いかけてくる。

ルチアは彼の顔をじっと見つめてから、改めて周囲を見渡して答えた。

「いいんです。そのほうが、お母さまも自由になれるでしょうから……」

ここを手放すことに迷いはなかった。

そうしなければいけないと思ったのだ。

自分がここを手放すことで、母は完全に解放される。

アンドリウスという檻に囚われることなく、自由にどこでも好きなところへ行けるようになるだろう。思うままに、きっと大好きな人のもとにも行けるに違いなかった。

「……そうだな」

シオンは納得したように小さく頷く。

労るような深い眼差しでそっと頬に触れられ、ルチアも同じように頷いた。

そのとき、やや強めの風が吹き、ルチアの長い金髪が彼の黒髪に触れ、そのことに既視感を覚えて胸の奥がきゅうっと苦しくなる。

――出会ったときも、確かこんな風が吹いていたわ……。

あの頃と変わらぬシオンの優しさに笑みを零し、ルチアは頬に触れる彼の手をきゅっと握りしめた。

「そろそろ、帰るか」

「ええ」

シオンはルチアの手を摑んで歩きはじめる。

ふと、頬を撫でる風が優しくなって、何気なく空を見上げると、澄んだ青空が視界いっぱいに広がっていた。

ルチアは小さく微笑み、シオンと肩を寄せ合って人気のない屋敷を出ていく。

柔らかな風が、そんな二人を優しく送り出してくれているようだった――。

あとがき

最後までお読みいただき、ありがとうございました。作者の桜井さくやと申します。『一途な貴公子は死神令嬢を逃がさない』いかがだったでしょうか。少しでも多くの方がお楽しみいただけたなら幸せです。

今回のヒロインであるルチアはとことん自己否定から入り、一歩進んでは十歩下がってさらに地面にめり込んでしまいそうなほどの繊細な子でした。自己肯定感の低さは、これまで私が書いてきたキャラの中でも一、二を争うほどで、放っておけば自滅しかねない危うさに何度も頭を悩ませたことを強く記憶しています。

そんなルチアを救い出したのがシオンでしたが、彼も二人の兄を殺され、自分の命が危ぶまれる中で最後まで心が折れずにいてくれた本当に強い人でした。ルチアが前向きな考えを持てるようになったのはシオンの存在があってこそです。また、シオンが強くいられたのもルチアの存在があったからで、そういう意味でも、これ以上ないほど相性のいい二人だったように思います。

イラストにつきましては、Ｃｉｅｌ（シエル）先生が担当してくださいました。

以前、『年下暴君の傲慢な溺愛』というタイトルで担当していただき、有り難くも今回で二度目となります。ものすごく丁寧にキャラクターをイメージしていただいて、でき上がったカバーイラストを拝見したときは、頭の中で想像していたルチアとシオンがいて本当に感動しました。命が吹き込まれたような思いがして、何度画像を開いたかわからないほどです。とても素敵なイラストをありがとうございました。感謝でいっぱいです。

最後になりますが、この本を手にしてくださった方をはじめとして、本作に関わっていただいたすべての方々に御礼を申し上げて締めくくりとさせていただきます。

ここまでおつきあいいただき、本当にありがとうございました。

皆さまとまたどこかでお会いできれば幸いです。

桜井さくや

この本を読んでのご意見・ご感想をお待ちしております。

◆ あて先 ◆
〒101-0051
東京都千代田区神田神保町2-4-7 久月神田ビル
㈱イースト・プレス　ソーニャ文庫編集部
桜井さくや先生／Ciel先生

一途な貴公子は死神令嬢を逃がさない

2023年8月4日　第1刷発行

著　　者　桜井さくや
イラスト　Ciel
装　　丁　imagejack.inc
発 行 人　永田和泉
発 行 所　株式会社イースト・プレス
〒101－0051
東京都千代田区神田神保町2－4－7 久月神田ビル
TEL 03－5213－4700　FAX 03－5213－4701
印 刷 所　中央精版印刷株式会社

ISBN 978-4-7816-9753-6
定価はカバーに表示してあります。

MOUSOU
SHINSHINO
ITOSHINO
OKUSAMA
妄想紳士の愛しの奥様
桜井さくや
Illustration
天路ゆうつづ

王様の鳥籠
KING'S BIRDCAGE
桜井さくや
Illustration
鈴ノ助
お前はもう二度と飛び立つことはできない。
終わりの見えない快楽に、リーナは淫らに声を上げながら涙を零した。リーナは王宮に招待された夜から、国王フェネクスに欲望のまま貪られていた。「今さら後戻りなどできると思わないことだ」フェネクスの真意がわからぬまま、いたずらに時が過ぎていくが――!?
Sonya